中国侦探
罗师福

南风亭长 著 ※ 华斯比 整理

北京联合出版公司

图书在版编目（CIP）数据

中国侦探：罗师福／（清）南风亭长著；华斯比整理．
— 北京：北京联合出版公司，2021.3
ISBN 978-7-5596-4977-5

Ⅰ.①中… Ⅱ.①南… ②华… Ⅲ.①侦探小说－中国－清代 Ⅳ.① I242.4

中国版本图书馆 CIP 数据核字（2021）第 015230 号

中国侦探：罗师福

作　　者：南风亭长
整　　理：华斯比
出 品 人：赵红仕
选题策划：上海牧神文化传媒有限公司
责任编辑：孙志文
特约编辑：华斯比
美术编辑：周伟伟

北京联合出版公司出版
（北京市西城区德外大街 83 号楼 9 层　100088）
北京联合天畅文化传播公司发行
上海盛通时代印刷有限公司印刷　新华书店经销
字数 164 千字　889 毫米 ×1194 毫米　1/32　7.75 印张
2021 年 3 月第 1 版　2021 年 3 月第 1 次印刷
ISBN 978-7-5596-4977-5
定价：68.00 元

版权所有，侵权必究
未经许可，不得以任何方式复制或抄袭本书部分或全部内容
本书若有质量问题，请于本公司图书销售中心联系调换。
电话：010-65868687　010-64258472-800

整理说明

为最大程度保留晚清民国时期侦探小说的文体风貌，同时尊重作家本人的写作风格及行文习惯，"中国近现代侦探小说拾遗"丛书对所收录作品的句式以及字词用法基本保持原貌，所做处理仅限以下方面：

一、将原文竖排繁体字改为横排简体字；

二、将原文中断句所使用的圈点改为现代标点符号；

三、校正明显误排的文字，包括删衍字、补漏字、改错字等；

四、原作为分期连载作品的，人名、称谓等前后不统一处，已做调整，使之一致；

五、为符合现代汉语规范并顺应当下读者的阅读习惯，已对个别晚清民国时期用字用词进行了调整，现举例如下：

1. "那末"改为"那么"；

2. 程度副词"很"和"狠"混用时，统一为"很"；

3. "账房"和"帐房"混用时，统一为"账房"；

4. "转湾""拐湾""湾曲"等词中的"湾"字，均统一改为"弯"；

5. 用作疑问词的"那"统一改为"哪"；

6. 用在句末的助词"罢"统一改为"吧"；

7. 用作第三人称指代"女性"或"人以外的事物"的"他"，

统一改为"她"或"它"。

由于编者水平有限,其中难免有错漏之处,祈请读者批评指正!

目 录
CONTENTS

第一案   001

第一章 猝毙   002
第二章 警惊   009
第三章 县审   017
第四章 请探   026
第五章 寄书   037
第六章 验尸   047
第七章 露奸   056
第八章 舆论   064
第九章 假票   074
第十章 改装   081
第十一章 入穴   090
第十二章 获据   098
第十三章 破案   111

第二案   121

第一章 探谈   122
第二章 怪毙   131
第三章 舌战   141

第四章　奇缘	152
第五章　佳话	159
第六章　怪车	174
第七章　遇隐	183
第八章　骄客	199
第九章　验屋	208
附　录　玫瑰贼	219
编后记	231

第一案

仲裁選師福

中國選師福 第一章（摔跤）

南風亭長芬

中國文明開暮紀元四千九百五十四年前兩歲一千八百九十八年九月十號中秋前夕蘇州有城的中區有一條小衖巷之北底有一小戶人家門前貼有掛榜一蕊字樣門下臨着從四春舞士二足之高踏門二如欄着那一關一關着的那一位女郎一手托着香腮一手部着笑蘸蘸的對堂一個少年俊秀得可愛的小說家腦齡先生復原又覺得這一番臨路方一相說那坐的少年約二十開外這二十一有三十的年紀及有三十模樣坐的的少年的心家二十一為已娶了人家的腦你可對付起我家那女郎呢阿呀說起來女郎來此怎麼了這麼長處我卻是有甚等冒昧有空子裏來踐從斷去向希望看暈又知這邊能夠哄起那少年一個四十多歲的老媽正提你恩兒見門簾一見走道來對堂已聲對堂白說家黃少知了去眼睛都沒呀聽完呼了一聲天氣涼了喝一碗飯都沒有喫完呀天氣涼了喝口雖待身給你披件的少年正待開口急然女郎瞪足遠岳的老媽你這家人家好好的讓你去睡你的去果然半腰兒來打今子你還是去……

（未完）

第一章　猝毙

中国文明开幕纪元四千九百五十四年（即西历一千九百八年九月十号）中秋节夜，苏州省城的中区，有一条小巷，巷之北底，有一小户人家，门前墙上，挂着一个小八卦牌。左傍一块门牌，上面写着"阔巷第一号"字样。门上贴着两条春联，从那矮踏门的小栏杆里，显出"国恩""人寿"四个字来。上面离开二尺的光景，就是两扇玻璃楼窗，却是一掩一启。

开着窗的那一边，坐着一位女郎，一手搁在窗栏上，一手却托着香腮，似笑非笑地与对坐一个少年，讲些五百年前的风流孽冤。那一种轻盈妖娜的模样儿，就是著名小说家蒲松龄①先生复生，也得费一番踌躇，方可描摹得出，何况我后学的这一具苦脑子、一个秃笔头，哪里想得出写得出来？

闲话少表，且说那对坐的少年，年纪二十开外、三十不到，眉梢旁边，自然而然地挂出那客帮②人的招牌来，眼孔深凹，鼻梁高凸，虽

---

① 蒲松龄（1640—1715）：字留仙，一字剑臣，别号柳泉居士，世称聊斋先生，自称异史氏。淄川（今山东淄博）人。清代杰出文学家、短篇小说家。一生科举不利，七十二岁始为贡生。除一度到宝应、高邮做幕宾外，长年在家乡教书。代表作是文言短篇小说集《聊斋志异》。
② 客帮：过去对从外地成伙来本地做生意的商贩的称谓。

不免有几分俗气,然而眉目尚是清秀,服式也甚精洁,与那女郎对坐灯下,真个是好一对玉人儿。

女郎道:"你到底是什么意思?受了人家的气,总是吾倒运,来看你的脸,你可对得起吾么?"说着,瞪了那少年一眼,旋转头去,向着壁叹口气道,"如今尚且如此,将来果嫁了你,不知要待怎样呢?"

正说时,忽见门帘一晃,走进一个四十多岁的老妇,口里说道:"黄少爷,菜还够吃么?啊呀!怎么吃了这么长久,一碗饭都没有吃完哪?天气凉了,吃了冷饭不舒服,待吾给你换暖的去!"

少年正待开口,忽然女郎蹬足道:"吾的老妈,你去睡你的觉,人家好好地讲话,你老是半腰儿里来打岔子,你还是去……"

少年接口道:"不错,吾的饭当真冷了,妈就给我去换吧!"

老妇嘻嘻地笑应道:"到底是少爷好,你看吾这个孝顺女儿,出口就是冲撞吾。"说着,便要过来接碗。

女郎骂少年道:"你自家受了闷气,吃不下饭,换了暖的,还是要给你看冷的。不准换!不准换!"

一时间,三个人你看吾,吾看他。

忽然床前的自鸣钟,"当当当"报了十一下。接着钟声,又从窗外街上传进一阵铃声,声中杂着马蹄"嘚嘚"地响。

此时已是夜半时分,街上那些走月亮①的人,已纷纷散去。况且阔巷里向来人迹稀少,所以这时候,除了秋虫唧唧的一片声外,就是马

---

① 吴地旧俗,中秋夜妇女盛妆出游,踏月彻晓,谓之"走月亮"。

蹄与铜铃了,越觉得震荡耳鼓,仿佛是万马齐驱,千军席卷而来。

霎时间,鞭影一动,两匹马从北面转入巷来。前面白马上面,坐着一位美貌公子,双眉高扫,两目圆流,鼻梁上架着一副金丝眼镜,身穿荷色春纱①长衫,外罩元色②铁线纱一字襟坎肩,下面露出白色纺绸单裤,足蹬一双西洋纱四喜快靴。

公子走近这家门前,提着嗓子,叫了一声"马来",接着旋转头去,觊定那楼窗。却巧窗内女郎,有意无意地探出头来吐痰,正与那公子打了一个照面。公子嫣然一笑,又回过头去,只见他右足一提,随手把马缰从胯下丢入右手,纵身一跃,已经足踏平地。就这一种架落,更显得他英勇出众,风流绝伦。

这里女郎秋波如流,朱樱欲动,见了公子,几乎喝起彩来,幸亏对坐的那少年唤了一声"小莺",方把她灵魂唤回躯壳,懒懒地坐了下去,重又面向墙壁,呆呆地坐定。

少年问道:"骑马的是谁?"

小莺不答,半晌,方强颜假笑,说了声:"是一个……"说到这里,就缩住了。

少年没精打采,吃了一口饭,才咽下半口,忽地想站起来,推窗向外探看,蓦地里"呀"的一声,连人带椅躺下地去,左手的碗在墙上一撞,唿啷啷打得粉碎,双手乱舞,把胸前的衣服乱撕乱扯,两只脚犹如踏水车一般,向桌猛踢,把个如花似玉的小莺,吓得顿时面青

---

① 春纱:生丝织成的薄纱。
② 元色:即玄色,黑色。

第一章 猝毙

第一案

目紫,手颤足战,坐在椅上立不起来。

那老妇正待退出房去,忽然听见震天价响,还道是二人打架呢。急忙过来劝时,只见一个呆呆坐定,一个滚在地下,已见手足笔挺地不动了,惊得她三脚两步,走到身傍。叫了一声,不见应答,低下头去仔细一看,不觉高声叫道:"小莺怎么了!小莺怎么了!"

那小莺起初还道他看出破绽,怀了醋意,有心寻事,心下着实惊慌,不过不肯失了她的雌威,所以没有站起。及至听她妈急喊,便跳将起来,要想也如法炮制,滚下地去,与他一个你不让吾,吾不服你。岂知刚走近前,只见那个硬绷绷地挺着,并无一些声息,便把金莲①一缩,倒退两步。低头细看,却似见了活鬼一般,号啕大哭起来。

老妇道:"小莺怎么了?不要是发了病么?待吾去取冷水来救吧!你也不必这样地大惊小怪!"

小莺方呜呜咽咽地收转哭声,顺手把左手向那人胸口、脸上按了几下,重又放声哭道:"人是死的了呀!妈呀!你看吧,冰冷得没有气了。"

哪知这一声轻喊、几片哭声,早把个对门前高墩上的公子吓得面如土色,满身流汗,魂不附身,冒冒失失地跳下高墩,把手招那马夫,低声叫道:"快来快来!"

原来那公子见窗上女郎缩进头去,便指挥马夫带马,自己却跳上高墩,不知做些什么。及至窗内高声大作,那马夫只见主人跳下高墩,双手藏在长衫下边,仿佛是才解了手的样儿,又见他把手招着,便牵

---

① 金莲:指女子的纤足。

第一章 猝毙

马过去,服侍他上了马。

说也蹊跷,那公子上马之后,忽然凑着那马夫的耳朵说道:"把两匹马的铃儿一齐摘下再走。"

马夫哪敢怠慢,忙把马铃卸下,挂在自己的裤带上,方也上了马,紧紧地跟在公子马后,人衔枚马摘铃地驰骋而去了。

这时正是子亥相交时分,苏州的警察,照章每八个钟头换班,依章程呢,站岗的警察,是只准立,不准坐的。你想一个人,只生得两条腿,哪里站得到这多大时候,倘然墨守警章,站着不歇,就得站一天睡二天了。

幸亏这一班警察,天性聪明,自能体贴那定章程人的原意,所以成日家①在近处的店家门前,占个座儿,抽抽香烟,唱唱小调,与那些荡妇淫婢,研究些桑间柳下②的勾当,非但不觉寂寞,尚好依着他赫赫警部的威势,不时地占些他人想不到的便宜货。你道这种买卖,可不是人间少有的乐境么?所以虽则薪水无几,却是人人羡慕,个个垂涎的。这是闲话,不必多赘。

---

① 成日家:亦作"成日价",一天到晚。
② 桑间柳下:指男女幽会。

第二章　警惊

却说那时干将坊巷里有两个警察,皮靴咯咯,萤灯闪闪地踱来,二人你一言我一语地在那里密谈。

一个肩章上写着"中第三区第乙号"的道:"老三,你也呆了。天鹅肉放在你口里,可惜你这笨狗不会吞下去!哼!换了我时……"

那第三区第甲号的道:"你待怎样呢?"

第乙号的道:"我哪……"又道,"我教给你,你可怎样地请吾来?"

第甲号的道:"要是果然马到成功,吾便请你到唐老头儿店里过瘾去!"

第乙号的道:"唐老头儿是谁呢呀?不错!吾想起来了!可不是开杂货店的唐白头么?"

第甲号道:"正是!他成日家开几个私灯,做那好买卖。起初我还不知道,后来看他店里,走出走进的烟鬼,就如蚂蚁一般。有一天晚上,被吾轻轻地走进去,躲在房门外,只见里面三个,三分不像鬼、七分不像人的,横七竖八,睡在地板上,使着劲儿抽他的臭烟呢!吾便走将进去,从地下拖起一个来做活证,一定要带回局去。唐老头慌得跪在门口,死不放吾走。后来地下的两个,也帮着他求。不瞒你说,那时候吾老三的身份，要比局里当家的老爷高上百倍呢！你道荣耀不荣耀？"

第乙号道："后来怎样呢？"

老三道："后来么，与吾约法三章，每日孝敬三钱上好的苏膏①不算，外还送吾二百文一天当酒钱，你道值得么？请问你这聪明狗，有这样能干没有？"

那个道："笑话了，这种主顾，不瞒你说，在吾地段里，差不多就有三四起呢！"

老三道："罢了！吾也饶了你，不来向你坐地分赃吧！倒是你说的那计，究竟怎样的呢？要是包吾成功，吾就尽吾的力请一请你，可好？你快说吧！"

于是二人交头接耳，窃窃私语，说书的当时没有在场，所以他们说的是哪一件公案，却是无从查考，不敢信口捏造。不过后来只听得那老三高叫道："妙计妙计！真个要重重地谢你了！"

这一叫不打紧，却只听得面前咔嚓一声，好似凭空地起了一个霹雳，把两个得意扬扬的警察，吓得两个头缩了进去，伸不出来。

停了好一会，还是那老三眼快，猛撒了那一个的手，提起脚来，望前奔去，口里嚷道："捉贼捉贼！""贼"字还没出口，只见他一个倒栽葱，滚下地去。

那一个见来势不佳，便想撒腿逃走，岂知才回转身，眼见得眼前

---

① 苏膏：中成药名。配方由好苏、秋葵子、滑石等组成。

第二章 警惊

第一案 | 011

是一个人，要想收住脚，哪里来得及，便与那来的人撞了一个正着，要想起来，哪里爬得起，慌得嘴里不住地叫道："老爷饶命！小的下次不敢了！"

那老三此时已经站起，见他伙计被一个人压着不动，便揩着身上的沟泥水，壮一壮胆，来打那人。打了一下，只听那人也是叫道："老爷饶命！老爷饶命！"

老三诧异，忙把那人托将起来。地下的那警察听出口气，也直跳起来。二人仔细一看，却是一个乞丐，闭着眼睛，嘴里还不住地叫"饶命"呢！

那乙号的几乎要笑出来，一想不要失了上司临下属的身份，忙扳起他的官样脸儿来，骂了声："混账东西！你也敢到太岁头上来动土么？"一连打了他六七个嘴巴，说道，"老爷可不饶你了！"

那乞丐讨饶道："老爷饶了吾可怜儿的瞎子吧！下次再不敢撞老爷的导子了！"

老三见他是个瞎子，便把他一推，骂道："你不走还想饶两下么？"

那乞丐听了，便如有人立了保状，得了免与参究的恩谕一般，急答道："是！是！是！走！走！走！"

那老三忽然想起，自己撞着的那个人，竟是声息全无，不要又是个哑巴了，便回转头，走去一看，却并不是一个人，仿佛是个包裹的模样，便把脚一踢，叫声"啊呀"，怎么一个人躲在包裹里哪？便又踢了几下，并不动弹，伸手把包裹一撕，嚷道："啊呀！啊呀！死人！死人！"

那乙号的听得"死人"，吓得面如土色，心上尚有些不信，把滚在地下的小灯拾起,幸亏尚没有滚熄,便支支吾吾对着地下的东西一照,急忙退缩几步,咕噜道:"老三你踢死了人了,这便怎么处?"

老三正色道:"你倒不可这样胡说,吾方才明明看见有人丢这东西在地下,所以吾撒了你的手,叫你捉贼。倘然是被吾踢死了,他活的时候,为什么被人丢在地下,一声儿也不响呢?哪有个好好的人,肯裹在包儿里任人处置的呢?这不是玩的,你可休得胡诌!"

那个道:"如今便怎样呢?"

老三道:"依吾看来,还是报巡长去。"

那个道:"死了个叫花子,也值得惊动巡长么?"

老三道:"你眼睛瞎了么?你看他周身穿着绸衣服,苏州城里你可曾见过第二个这样的叫花子么?我看还是你在这里守着死尸,待吾回局报信去。"说着,反身便走。

那一个见了死尸,早惊得他把几年来积在毛孔儿里的冷汗,一齐发出来了。如今听说老三要走,留他一人在这僻静地方,与那死人作对儿,更兼此时已是一点钟的光景,八月里的天气,日里与夜里比较,寒暑表要差到十来度的,就是胆大些儿的人,在这阴风凄凄万籁无声的时候,伴着一个狰狞惨怖的死尸,也不免要神魂忽忽,何况这一班警察,平日是溺身烟酒,风吹得倒的人,哪里有这种胆量?所以见他伙计走去,便没命地喊叫。

哪知老三是个乖不过的人,留着这项好差使,给别人当,自己却好回局报信,免不得上司要称他能干,所以任你叫破嗓子,他只是摇摇摆摆,往前赶路。

那一个见叫不转老三,便喊起"救命"来。列位,要晓得南边人的胆,是顶小不过的,顶小不过的当中那再小的,要算是苏州人了。这句话,并不是我说书的刻薄,有意奚落苏州人。这也是天然的一种特性,你若不信,听我证来。

那警察喊了一阵"救命",便有许多胆大的狗,和着兴儿汪汪地乱叫。狗越叫得响,那警察的"救命"越喊得高。

屋里的人听了半天,不见动静,料道必是明火执仗的强盗,便有个机房①里伙计,开些门缝,向外一看,只见一个警察发疯似的喊叫"救命",却并没有人要他的命,便推出门来问道:"什么事?什么事?"

那警察听得人声,便如他爷娘从棺材里活了转来一般,一个箭步,穿到那机匠②身边,紧紧地执了他双手,央求道:"好兄弟!快出来陪吾一会儿。"

那机匠被他蓦地里一把拖住,要想挣扎,回手打他,一想是个警察,打了不是玩的,便勉强问道:"什么事?你快说!何必把吾拖住呢?"

那警察听了,便松了那只手,用手指着墙脚道:"那边有一个死人,不知哪里来的,你们快出来,看是救得活的么?"

于是里面一连出来了三四个机匠,咳嗽咳嗽,壮壮胆子,走到死人前一看,只觉得一股阴气,直冲到面上来,一个个吓得舌头伸出寸把长。

有两个多事的,偏走开去,碰人家的门,说道:"外面死了人了,

---

① 机房:旧时设置织机从事手工纺织的房屋。
② 机匠:旧时从事丝、棉织业的工匠的通称。

第二章 警惊

第一案

巡捕先生叫你们快出来救活他！"

一片声嚷，果然叫出许多人来。才出门，只是争先恐后地要看，及至见了死人，都是吐吐唾沫，避了开去。一时间，倒闹得这条巷口十分热闹，也有呼哨的，也有唱"丈夫战争功"的，也有向那警察问长道短的。这时候，那警察胆是早大了几倍，指手画脚在那里打他的官话。

这个当儿，忽然转弯角上，发出一种打铁似的声音，接着就见一片火光，引了一群睡眼蒙眬的落差警察，蜂拥而来，大约总有七八个。最后是一个挂着刀的巡长，来到众人面前。

只见那叫"救命"的警察迎将上去，向巡长举手行过了礼，便叽里咕噜说了几句。巡长点头，叫他领着看尸，看了之后，便打发了一个脚快的，赶紧到公馆里去，请巡官会同长洲县[①]相验。

[①] 长洲县：古旧县名。武周万岁通天元年（696年）析吴县东北部置。清雍正二年（1724年）析长洲县南境增设元和县，吴、长洲、元和三县同治苏州府郭下。1912年裁府，长洲、元和两县并入吴县。

第三章　县审

　　八月十六日清晨，长洲县击鼓升堂，两傍衙役唱过堂威①，县令传提尸亲②。

　　不一时来到堂前，县令照例问了几句，方知他姓黄，名顺利，年二十八岁，广东广州府花县③人氏，世代书香，三岁上父母同遭鼠疫而死，蒙叔父教养成人。前年叔父携伊来到上海，在叔父的土栈④内管账；去年春间有几个朋友邀伊到苏州来开彩票店，店开在元妙观的东角门口，向来安分营业。

　　死者是伊胞弟，现年二十四岁，名本立，向在伊店帮忙，与阔巷第一家周小莺来往，每逢店中无事，便到该处走动。

　　"及至今年六月初旬，忽然与干将坊巷里的李……"

　　当时黄顺利说到此处，忽然县令身后闪出一个管家，走到案前，对老爷使了个眼色，那县令便一叠连声地叫带下去退堂。

---

① 堂威：显示公堂威风的呼喊之声。
② 尸亲：命案中死者的亲属。
③ 花县：古旧县名。清康熙二十四年（1685年）析南海、番禺二县置，属广州府，治今广东省广州市花都区。
④ 土栈：贩运、囤积鸦片的商行。

这时堂上堂下看审的人，都不知底细，你问吾，吾问你。

有的说："县太爷真是糊涂，遇着这样的无头公案，怎的不详详细细地彻底根究，却冒冒失失地退了堂，好似无关紧要一般？"

有的说："如今世界上的人，真难做呢！莫说我们这种草野贫民，就是做了官，也有许多棘手的事！"

却有一个须发苍苍的老者，硬做低着喉咙，接着说道："你老兄的话，真个一些也不错，你们没有听过前任元和县①周大老爷的故事么？也因为眼光不尖，办了几件杀杀辣辣的案子，他自以为我尽吾心罢了。岂知现在的时势，不比从前，就是包龙图②、施不全③活在今日，也须依着'从他门下过，安得不低头'的十字口诀行事，要是稍存些天良，顾些民艰，那就糟了糕了。所以那位周老爷，弄到后来，撞着了一个钉头④上司，碰了他几个顶子⑤，便弄得一败涂地，你道如今的官，还好做么？"

老者意气自豪地讲到这里，再想往下讲，却被一个毛头小伙子打断话头，高声说道："且慢！你倒不要专说官不好做，须知那姓周的，也是自己不睁开眼睛，出了他上司身边得意师爷的丑，所以他上司专给他顶子吃。要是看得出风云气色的人，也不至于这等鲁莽了。"

---

① 元和县：古旧县名。清雍正二年（1724年）析长洲县南境置，与吴县、长洲县同治苏州府城内（今江苏省苏州市旧城区）。1912年裁府，并元和、长洲二县入吴县。
② 包龙图：即包拯（999—1062）。因他曾任龙图阁直学士，故称。
③ 施不全：即施世纶（1659—1722），清代著名清官，靖海侯施琅之子，也是著名公案小说《施公案》的主角。
④ 钉头：比喻强硬的对手。
⑤ 顶子：清代官员的品秩以顶珠的颜色与质地为别，亦作"顶珠"。

那老者道:"你的话真个不错,常言道:'识时务者为俊杰',拍马屁的有糖吃呢!吾们现在这位施大老爷,正是这么一个人哩!你看他刚才升堂时何等仔细,何等玲珑,一个家人才走到身边,还未说话,他却早料道不是好兆,立刻喊了'退堂',可知这件案子,与他官运相克之处……"

此时说说谈谈,早已走出了东辕门①,大家聚着一团,一个个伸长了耳朵,要听些无头公案的新闻。

那老者正想绕过照墙②,拣个老虎灶③,泡碗茶,发发牢骚,好教他们年轻的长些见识。正在勒勒胡子说得高兴的时候,不提防背后来了一个人,在他肩上轻轻地拍了一下,说道:"好好!你倒好大胆,敢在这里讲吾们太爷的长短么?"

那老者吃这一惊,吓得三魂去了一对,六魄失了二双。幸亏旁边围着他的人多,没有跌倒,更兼拍他肩窝的人,随手拦腰一抱,说道:"老蔡,是我是我,不要慌!"

老者连忙回头一看,见了那人,面上不免现些怒容,说了声:"你们少年人老是这样闹玩儿,要知六七十岁的老头儿是吓不起的哪!"忽然又变了和颜悦色的脸儿道,"吾道是谁,原来是吴大爷,亏得是你老听见,还要承蒙关照。换了第二位大爷们,吾蔡老头儿今天免不得要……"

---

① 辕门:古代帝王出巡,宿营时以车为屏,出入处以两辕相对如拱门。后用来指将帅营帐、官署的外门。
② 照墙:即照壁,厅堂前与正门相对的短墙,多饰有图案和文字,作为遮蔽、装饰用。
③ 老虎灶:一种烧开水的大灶,亦指供应开水的店。

那人道:"别忙!你刚才讲的,不是那件案子么?你可知道这事的底细没有?"

老者道:"吾不过在堂前听了一会子审,并没有晓得仔细。你此刻没公事,何不到吾店中喝两杯去,吾还要请教呢!"

那人道:"好极好极!吾们快走吧!只怕迟一回,太爷就要出门相验了。"

于是二人走出人丛,急忙绕过照墙。不上二十家人家,就是一爿小小酒店,蔡老儿进了店门,便择个座儿,让那吴大爷坐了,自己却到里面招呼徒弟,泡了浓浓的一壶红茶,拿了出来,同吴大爷对面坐定,问道:"你是自家人,爱吃什么下酒,只管快说,好叫他们去买。"

吴大爷道:"就是隔壁的酱鸭酱肉,胡乱弄些吧,吾们说话要紧呢!"

不一会,先前泡茶的小徒弟,又拿了两壶上好的原庄、几块豆腐干、四包新花生出来。那老者便斟了酒,又与小徒弟凑了耳朵,说了一会,小徒弟自去不提。

却说老者忙问吴大爷道:"这到底是怎么的一件案子呢?凶手究竟是谁呀?"

吴大爷道:"说来话长呢!你可看见刚才的苦主么?他是去年到苏州来的,开了一家彩票店,招牌上却就写着他自己黄顺利的名字。要知他们这班广东人,生意经络是第一等的厉害。自从初开店时,买主连中了头二两彩,店门前的生意,推出去还来不及,所以他手下着实敷余。更兼他善于交游,不论上中下三等的人,他都交得来,一班公子少爷们,被他哄得同三岁小孩子一般,成日家除吃茶兜圈子外,就

是在他店中胡混的时候居多。后来场面格外大了,他便把隔壁一爿袜店的房子,一齐租下,两边打通,就在柜台对面设了一个水晶宫似的雅座,里面全是外国装饰,专为款待些豪客狎少,晚上便唤些私窝子①的姑娘进去,不是打牌,就是吃酒。

"至于他那死的兄弟,更不是个好人,因为和少爷们一块儿玩惯了,便学了他们的脾气,说话时,动不动自称'大爷',专好打架闯祸、跑快马、吊膀子②,与那阔巷里的周小莺最是投机。但是他骄傲性成,不时地与周小莺吵嘴,所以脸上一年到底留着指爪痕儿。大家都说是被小莺抓的,他却吵嘴只管吵嘴,心上着实恋着小莺,所以任是旁人取笑他脸上的痕儿,他却从不老羞成怒,还只自嘻着嘴,好似十分荣耀,自鸣得意。但是有一样,这种私窝子的姑娘,是最坏不过的,接了客人,总说自己是人家人,因为不能度日,所以偷做这个买卖,却是只准一人进出,永不做别的。岂知前客前门送出,后客便从后门接进来了,万一前客与后客撞着,便两面瞒过,不同前客说后客是她的兄弟,就同后客说前客是她的伯叔,这是她们天罗地网的惯技。"

老者道:"要是前客同后客相识的,便怎样呢?"

吴大爷道:"就是这个不好,所以闹出这种案子来呢!刚才黄顺利在堂上说了,被太爷喝断的那李公子,就是与那死者认识的,所以闹出这样的滔天大祸来了!"

蔡老儿忙问道:"李公子是谁呢?"

————————

① 私窝子:私娼。
② 吊膀子:调情。亦常指调戏勾引妇女。

吴大爷道："他老子是苏州城里头一等的富宦，从前曾做过几任督抚①，因为不善于结交洋人，部里便参了他一本，说他不谙外交，因此挫了官运。但是他做京官时，送冰、炭敬②的门生极多，所以致仕③之后，也是车马盈门，势力浩大。现在各省的督抚，差不多一半是他的门生，你想吾家太爷可碰得起他的顶子么？所以吾们刑名上的师老爷，一听见这个消息，就叫太爷身边的高大爷出去关照。幸亏事有凑巧，高大爷刚赶到，那黄顺利正说了一个'李'字，要是再问下去，吾们太爷就不得了了。"

蔡老头道："你倒不要多讲别的，单讲那李公子与死者的关系吧！"

吴大爷道："不错，吾讲了一辈子，单讲了些枝枝节节，没有论到正题，怪不得你老要发急了。那李公子呢，仗着他父亲的余威，更兼他老子心肝儿肉地疼他，宠得他爬天落地，无所不为。虽则他们太太日常痛骂，总因为老爷年纪到了把儿，只有这个儿子，所以今日太太关了他一天在家里，明天老爷就大清早起来，私下把他放了出去。岂知他出门之后，便同些不相干的朋友，不是到阊门④听戏、吃花酒，就是到观前骑马、吊膀子。因为他有两位阿姊，排行第三，就出名叫作三少爷。

"有一日，正在六月里，三少爷在别处回来，乘兴带着几个朋友到小莺家来，不管三七二十一，走到楼上，闯进房去，却巧撞着了黄顺

---

① 督抚：总督和巡抚，明清两代最高的地方行政长官。
② 清代，外官在夏季贿赂京官的银钱叫"冰敬"，在冬季贿赂京官的银钱叫"炭敬"。
③ 致仕：辞官退休。
④ 阊门：苏州古城之西门，通往虎丘方向。

利的兄弟，不知怎样，出了姓黄的几句丑话，自以为少爷们说了彩票店里的伙计几句。哪知姓黄的专爱在小莺面上摆架子，如今说得他无地可容，便走到三少爷身边，狠狠地打了两个嘴巴。要知三少爷这个人，是他老爷的珍珠宝贝，任他太太这般严紧，也从不敢拍他一下的，今番被彩票店里的伙计打了，哪肯罢休，便叫道：'反了反了！你们还不同吾打么？'"

说到这里，忽然吴大爷的三小子①三脚两步跑进来叫道："太爷喊'伺候'了，大爷赶紧去吧！"

此时两壶原庄已是将近喝完，小徒弟买来的下酒菜，吃得见了盘子底儿，二人就是不醉，也有几分糊涂了。吴大爷听他太爷要出门，就想要走，看看余下的酒，有些儿舍不得，便打发那三小子先去，岂知一个没有出门，又来了一个，催他快走，急得他拔腿就跑，连桌上的缨帽②都没有拿，一冲两歪地去了。后来幸亏他三小子伶俐，给他赶回店来拿了，方没有误他的公事。

不一回，街上一阵呼啦啦的板子声响，就见十来个护勇③，一对对地过去，后面却是衙役三班、仵作④人等，簇拥着那施太爷的一顶蓝呢大轿乘风卷雾而去。

---

① 旧称供仆人差遣的奴仆为"三小子"。
② 缨帽：清代官吏所戴的帽子，帽顶缀有红缨子。
③ 护勇：清代负责地方治安、保卫工作的兵勇。
④ 仵作：旧时官府中检验死伤的差役。

第四章　请探

此时施县令的大轿背后，就有许多看热闹的人，蜂拥蚁聚地跟着，不一时已到了干将坊巷。大家一心要想看验尸，岂知那县令并不一径前去相验，却在一家悬灯结彩的高大墙门口下轿进去。

进门之后，早有跟班管家喊着"接帖！亲到拜寿！"，墙门里的号房①一迭连声答应，把帖子接了一看，见帖子上写着"世再侄施礼崇顿首拜"，外面还加上一张衔片②。

号房便把帖子递给接帖的，高高举在手里，领路带了进去。只见大厅四面挂着寿屏③，真个是金墙银壁，光耀夺目。里面二厅及花厅天井里，各有一班堂戏，此时正唱着《天官赐福》④第一出呢，内内外外，只是锣鼓声喧，灯烛辉煌。

堂上戴着顶儿拖着翎儿的官，也有坐的，也有立的；也有迎着大

---

① 号房：旧时指传达室或做传达工作的人。
② 衔片：署有官衔的名片。
③ 寿屏：呈赠给寿诞者的寿文、寿词、诗画屏条。
④ 《天官赐福》：戏曲剧目。叙述赐福天官奉玉帝旨意，与禄、寿二星及五路财神同往人间降福的故事。

第四章 请探

第一案

人、先生满堂打千儿①的;也有毕恭毕敬站在戏台旁边,眼观鼻、鼻观心,在那儿修心的;甚至有些铜顶子、铁顶子,帮着管家们升冠更衣的。真个官场对着戏场,各有一番奇形怪状!

这日下午那寿翁李老头儿,正在送往迎来,忙得个不亦乐乎,此番因为送大宪②自己送到轿厅上,忽见门前一群人打做一团儿,忙叫家人出去探听劝开。岂知接连打发了三四个出去,一个也不见回来,便觉有些诧异,更兼旁边的许多老爷们,都使使眼色,并了帮儿来劝他进去,便更加疑惑起来,嘴里却"张福混账,李贵王八蛋"不住地乱骂。不多一会,果然被他骂散了一场恶斗。

只见一个流氓诈死似的躺在地上,嘴里说道:"不服的!你们少爷打死了人……"

旁边管家们连忙喝住,七手八脚,把他撵出墙门外去,才算了事。

轿厅上的李老大人,听得十分明白,却佯为不知,"请呀请呀"地,同着一班官员,谦了进去,陪着他们到花厅上看戏。坐了一会,便叫一个心腹小厮王升,开了书房,自己进去,坐在炕上,叫王升走近身边。

王升会意,便顺手在桌上拿了一枝云白铜长杆儿的水烟袋,点了火同大人来装烟。

李大人问道:"少爷究竟有什么心事?吾看他今天的面色不好,仿

---

① 打千儿:满族男子下对上通行的一种礼节,流行于清代,其姿势为屈左膝,垂右手,上体稍向前俯。
② 大宪:清代地方官员对总督或巡抚的称谓。

佛有一层黑光罩在脸上似的,你总该知道,快告诉吾!"

王升支吾了一回,方道:"回大人的话,少爷其实是昨儿晚上受了些凉。想来是秋凉了,晚上的露水重,少爷半夜三更地回家,所以今天有些不爽快。至于少爷有什么心事没有,家人却不知道。"

李老点着头,抽了一口烟,有气无力地把烟喷出,接着呛了好一会,又吐了几口痰。却巧一个管家端进一碗燕窝汤来,便喝了两口,止住了呛,对那管家道:"你去找二老爷家的春少爷,就说吾说的,少爷应酬了半天,身子乏了,叫少爷这儿来请他代一会儿。有客来要见吾,就说吾呛得紧,要待晚上面谢了。"

那管家应着去了,这里李老便问王升道:"刚才门口打架,吾亲听得那流氓说少爷打死了人了,你实对我说,打死的是谁呢?"

王升道:"不瞒大人说,外边这么说的人多得紧,家人只怕这话,传到太太耳朵里去,那就糟了……"

正说时,只见李公子领着一个矮小身材的少年人进来,这人身上穿着三品补服[①],虽则博带宽袍,却显得举止不俗,仪表非凡。见了李老,倒身而拜,李老还礼不迭,忙叫公子替他扶起。

那少年起来之后,随手打了个京式千儿,口里说道:"家母请舅父的安,问舅父近来身子可好?"

李老嘻嘻地笑道:"多谢她老人家费心,吾年纪今年已经七十了,平常的人呢,到了吾这年纪,怕不倚着拐儿过日子么?吾比起他们来,

---

① 补服:明清时的官服。因其前胸及后背缀有用金线和彩丝绣成的补子,故称。

自然是好多了。只是近年来究竟阴亏得过分,就是这咳嗽,也讨厌得很呢!你才从上海来么?这番总好多耽搁几天了。"说着,又咳了一阵嗽。

那少年见机,知道他父子有事,便告辞出去看戏。

这里李老把儿子叫住,命他坐了,问道:"你可晓得外面的风声不好么?"

公子道:"爹不问,吾也要来禀了。吾听得家人们说,外面都疑心吾打死了人,吾也诧异得很,心想就是被吾打伤了,也决不能活到这样长久。"

李老发急道:"你真个动手打的么?哼!怪不得你妈动不动说你没出息的,罢了罢了!你老实说,你什么时候打的?打的是什么人?"

公子道:"这人是个广东人,他哥哥是开彩票铺子的,就是打死了这么一个人,也算不了什么大事。但是吾打的时候,已经过了两个月了,这两个月里,天天见他好好地在街上走。昨儿晚上吾在一个高墩上小解,还听见他在对面楼上乱叫……"说到这里,忽然向王升道,"你可知道他是什么时候死的?"

王升道:"家人听得人说,长洲县已经问过那事主家的女人一堂,说是昨儿晚上十一点钟死的。"

公子道:"吾昨晚听他叫,还只有九点钟呢,想来是发了急痧①,所以耽搁到两个钟头。"

---

① 痧:中医指霍乱、中暑、肠炎等急性病。

第四章 请探

李老道:"不管他发急痧不发急痧,你说两月前打过他,你又为什么打他呢?"

公子面上一红,说道:"也是他自己先打吾,吾难道配给他打的么?无论怎样,便是吾那时打伤了他,也断不会到此时死的!"

忽然一个管家在书房门口叫"王大爷",王升出去,不多一刻,就走进来到李老身边说了几句,李老道:"请!"

王升传了出去,公子也溜出书房,被王升叫住,二人就走进假山洞,穿到对面的小轩。

这小轩里全是竹台竹椅,幽雅非常。公子坐在靠窗的一张竹椅上,问王升道:"什么话?快说!"

王升便凑近公子耳朵说了好一会,只见公子的面色,忽红忽紫,五色毕呈。等到后来,忽然问道:"他们不想想么?吾在门前骑马,他在楼上讲会,吾们并不交手,怎样好疑心吾起来呢?"说罢,停睛看着王升的脸,仿佛要王升把他一番话一决是否的样儿。

大凡一个人,到了心虚,或是受屈的时候,对人说话,心虚的就要讨人的口气,探人的虚实;受屈的就要听人的剖白,望人的明鉴。正是心上的苦,比金鸡纳①还加上百倍呢!

却说李公子看了王升一会,见他口里虽是只管说"家人也是不信哪",面上却着实现出假意,便问道:"他们相验,可验出什么伤来么?"

---

① 金鸡纳:中药材,用于疟疾、高热。

第四章 请探

王升道:"县里的仵作验过,说没有伤。县里施老爷家的高升,刚才来向吾说的他老爷向尸兄说,既然没有伤,就要叫他具结了案。岂知那姓黄的甚是厉害,碰头哭诉求老爷缉拿凶手,早日与他兄弟伸冤。又说那私窝子人家把尸首搬动,也须有移尸的罪名。施老爷便答应他,先问那事主家移尸的罪。至于凶手的话,既然没有伤痕,自然无从查办。如要硬牵事主周氏,这也不难,只是何苦冤死一命?那姓黄的回道:'伤痕是有的。'"

公子道:"伤痕在哪里?伤痕在哪里?"

王升道:"那姓黄的指定他兄弟脸上的指爪痕,说是伤痕。"

公子此时面上稍有喜色,说道:"他脸上的伤痕,是一年到底有的,哪好叫作致命伤么?那县里不会驳他么?"

王升道:"县里何尝不驳他?可奈他死不肯服,一口咬定脸上的是伤痕,县里怕他咬出少爷来,所以没有怎样奈何他。家人还听人说他要上控①呢!"

公子道:"上控难道就怕了他不成?且慢!外面的风声怎样呢?"

王升道:"外面的风声,不过如此。他们打听得邻舍人家说,昨晚听见少爷马铃声响,正是那死者怪叫的时候,后来巷里又有人看见少爷慌慌张张地跑开。这都是外面人传说的话。"

李公子忽然从椅上跳起来道:"不错不错!你不说吾几乎忘记了,这也是吾自己不好,吾自己太胆小,以致弄出这种蹊跷事儿来。事情

---

① 上控:上诉。

呢，料想也碍不着吾什么，只是这件事，吾着实有些疑惑——"说到这里，好似白昼见鬼一般，瑟瑟地浑身抖个不住，又道："吾还道他要报仇呢！怎么？怎么？啊呀！啊呀！"

王升看着公子，道是附了鬼了，心里不免有些害怕起来，又不敢避开，又不敢声张，看看帘外桂叶柳枝，都对着他摇摆，仿佛都是妖怪鬼物变的。

忽听得隔墙猛来一阵锣声，方把他惊魂唤醒，只听公子道："王升你怎么见了鬼了么？叫了你几声，为什么不应哪？"

王升连忙答应，心想公子自己见了鬼似的，还说人家见了鬼。又听说，公子已经叫他几声，他反不曾听得，自己也觉真好笑起来，便问公子方才想起了什么事，急得跳起来抖起来。

公子笑而不答，半响，方道："真奇怪呢！这事必须要如此如此，方可明白呢！王升，你去请姑爷进来吧！"

原来方才李老见的那个少年，姓费，号叫小亭，上文已经交代过，说他是李老的外甥。他父母因为要亲热些，所以亲上加亲，自小李老就把他二小姐许给他。小亭起初十来岁时，受了学校的教育，因为有关血统，心上着实地反对这段亲事，后来过门之后，见得二小姐善事翁姑，精理家政，一些没有弱柳懒花似的大家风范，所以也就和睦无事。

小亭自小寄读李家，同李公子兄弟姊妹一起游玩。他心机灵敏，不论什么难的灯谜儿，人家猜死也猜不出的，他却一猜就着。倘然先生出了个难些儿的题目，他日里做不出，便整夜地做到天亮，直至完卷，方才安心。不然，就叫他几天不吃，几天不睡，也情愿的。他几

第四章 请探

位先生,多说他天性怪僻,恐怕将来功名无分,倘然入了商界,那就是亿则屡中①的材料了。

还有一件,小亭有几种绝技。他能拿出一件东西,叫兄弟姊妹们背了他藏了,他走来时,看过各人的眼珠一遍,便说得出这东西是谁藏的。据他说呢,是各人的瞳仁向他说话,告诉他是哪个藏的。若问究竟确否,说书的就不知道了。

其余就如隔着一层板壁,他能辨得出各人的脚声;遮住了眼睛,他能听得出各人的呼吸,嗅得出各人的气味,就此可猜得他大约的年龄,却都是不爽毫厘的。所以李公称他作"赛诸葛",无论什么棘手的事,都要请教他。

却说王升当时答应出去,不多一会,只见小亭笑眯眯地踱出假山洞来,身上只穿着一件荷色熟罗②夹衫,手里提着一个皮包,好似预备着回上海去的样儿。

李公子忙问道:"你为什么甚般要紧,到了一拜就走?吾还有事要和你商议哩!"

小亭冷笑道:"你倒好体态,伤了人家的性命,不怕丢了脑袋,反来商议些什么?实对你说,你当靠着你令尊的势,就此好把这人命案轻轻抹了不成?要知现在中国人民的势力,一日膨胀一日,舆论的评断比法律还严,你倒不要如此大胆安心。须知吾这个人,只知世界的公理,不能顾你吾的私情,即使人家奈何你不得,吾却偏要打你一个

---

① 亿则屡中:料事总是能与实际相符。
② 熟罗:以熟丝织成的绫罗,是一种精细的丝织品。

抱不平的！"说罢，虎目圆睁向李公子看，仿佛要把他囫囵吞了下去似的。

哪知李公子听了他一番话，并不惊慌，并不辩驳，只答道："你也说吾是杀了人的，那吾还有什么希望呢？吾也实对你说，吾觉得活着难过，你同吾想个安安顿顿的法儿，让吾死了吧！"说罢，眼眶儿一红，珠泪滚滚而落。

哭了多时，并不开口，小亭便眉头一皱，计上心来，反安慰李公子道："你且不要这样的婆子气，吾们讲正经话要紧呢！"

李公子拭拭眼泪，问小亭道："你究竟还是有意吓吾，还是怎样这般地前倨后恭，究竟是什么意思？"

小亭道："你的意思，吾都知道了。"说罢，便凑着李公子的耳朵问了一会，于是二人一问一答，谈了好一会，小亭便立起来道："吾一个人，决不能担此重任，吾想还是到上海请他去。"

公子道："甚好，甚好！你此刻就动身可好？"

小亭道："那个自然！但是一件，他这个人比不得吾，要经了他的手，你将来有什么一长两短，那就莫怪吾了！"

李公子道："那也只得听天由命罢了！倘然果能一旦安了吾心时，就感你们不尽了。"

二人说毕，便走出小轩，穿过假山洞，各自料理自己的事去了。

第五章　寄书

　　列位可知道上文费小亭要到上海去请的，究竟是谁呀？此人就是当今中国独一无二的侦探名家——姓罗，名师福。他的出身，不传于世，做书的也无从查考，所以晓得不过如此：

一、姓氏：姓罗，名师福（取师事福尔摩斯之意），字月峰。

二、籍贯：杭州钱塘人。

三、家庭：无父母、兄弟、妻子，孑然一身外，唯侍仆二人而已。

四、职业：前在上海某中学校为理科总教，现已辞馆①，专业素行侦探。

五、学识：普通学都不完全，最精生理、理化、心理等学。

六、容貌：眉清目秀，和蔼可亲，喜不露于齿，怒不形于目。

七、言语：如文人之思潮，有兴时终夕不倦，无兴时一言不发，能操英、法二国语，及中国各处各区方言。

---

① 辞馆：辞去教职。

038 | 中国侦探：罗师福

第五章 寄书

以上七条，是罗侦探的历史大略，已足为看官们研究他探案的资料，不必多赘。

却说费小亭于十六日傍晚，趁火车到上海，直至明日午后，方把罗侦探请到。

李公子款以上宾之礼，并在公馆东首预备一所三楼三底的西式房屋。这屋子，是李老造了专备款待亲戚用的，虽则内容不甚讲究，却也雅净清洁。

罗侦探带来行李，只见二个皮衣包，其余床帐之类，自有李府的人同他料理。他见诸事停妥，便叫一班家人暂时回避，只留小亭同李公子二人在房里。罗侦探叫他们二人对面坐定，他却仿佛老僧入定似的靠在西洋榻上坐了。

约有一刻多钟，三个人都是寂静无声。忽然楼梯上来了一阵脚声，接着就见那小厮王升慌慌张张地跑进房来，气喘吁吁地向李公子道："少爷，怎么好？太太闹起来了，叫少爷回去呢！"

李公子一时急得束手无策，要走，又不敢走，要不睬，又恐他母亲要大发作，心上着实不安，苦得他坐又不是，立又不是。

罗侦探忽然开口道："公子不必如此，只须烦小亭去走一遭，料也无事。倒是吾的脾气，有些古怪，下次请关照尊管们，不唤不准进房！"

小亭道："不错！三爷你倒要切切实实地吩咐他们，吾们这里，是断不可烦杂的。吾此刻去一遭就来。"说完，领着王升去了。

这里罗侦探与李公子，又整整地坐了一刻多钟，除了二人的呼吸声外，就是壁上挂钟"嘀嗒嘀嗒"地响，余外别无声息。

李公子是曾经小亭嘱咐过的，罗侦探不问他，他再也不敢开口，心里好是十七八个吊桶，一上一落，跳个不住。嘴里燥得要发出火来，却又不敢站起来取茶喝，耳朵里只是嗡嗡地闹个不了。

忽而怀里时计的摇摆声，也欺着他与他来鬼混，肩上背上好似压了几块百来斤重的大石头，动一动就要酸痛。这多是心病的各种症候，无论何人，遇此景象，都要如此的。

忽然壁间的钟，"嘀嘀铛""嘀嘀铛"，响了两下，在李公子耳朵里听起来，震得差不多把他耳膜都要炸破了。

举首看罗侦探时，也似乎被钟响激动，伸手从怀里掏出一个小布袋儿，又取出一只烟嘴，在袋里装满了烟丝，便打火抽烟。忽见一手拿开烟嘴，开口问道："公子，可知这周小莺是个好人不是？"

公子踌躇了半晌，方道："周小莺那人，吾虽则不时见她，却于她的性情不甚详细。"

罗侦探点点头，两只电光似的眼睛，在眼眶里四面旋转，随手又抽了一口烟，说道："这人真可疑呢！吾此刻的注意力，都在她一人身上了哦！且慢，公子还没有大喜么？"

公子道："已经娶亲两年了。"

罗侦探道："啊呀！可惜！可惜！"说着，向李公子呆笑个不住，两条眼光，直射到公子的脸上，停了一刻，又道："吾说'可惜'，是因为公子年纪正轻，就有了家累，岂不是件可惜的事么？但是吾要劝公子两句，就是浪荡少年，倚势仗威，挥金如土，到将来没有不结成'老大徒悲伤'的果子呢！公子你道是么？"说完，又哧哧地冷笑。

李公子点头称是，忽然背后一个人笑道："哈哈！你又要作难他了!"

公子吓了一跳,回头一看,却是小亭,见他说完了,仍在方才的原椅上坐下。

罗侦探道:"你的事已经了罢?"

小亭道:"完了!吾原说吾岳母是很达理的人,不过也因吾们这位三爷过于好玩,所以管得严了些。如今经吾劝了一番,也就置之不问了。倒是你的事怎么样了?"

罗侦探道:"吾呢,是不到天晚不能干事的。现在没有验尸,自然毫无把握,倒是承你们这位三兄告诉了吾一件事情,这时候似乎有了一线光明。"

小亭忙问公子:"你告诉了他什么事?"

公子回称"没有",小亭便向罗侦探瞟了一眼,点点头,也就不响。

罗侦探道:"如今吾的问题,就是今晚验尸,妥与不妥?"

小亭道:"方才长洲县正在他家,吾已经与他商议过,他一口应承,并允到那时候,派一个心腹家人到尸场伺候。"

罗侦探道:"那就是了!如此吾们吃饭吧!公子,此时没有你的事,吾看你面色不佳,似乎肺里有些病,吾劝你以后酒要少喝,你暂时去歇息吧!"

于是李公子告辞而去,房里二人,并不相送。

罗侦探问小亭住在哪里,小亭说:"那自然要在这里陪你的。"又道:"啊呀!吾倒忘了,吾们何不看看卧室去?"

二人便走到西面的一间房里,只见向南一只铁床,帐褥俱备;对面西厢房里也是照样一只，被褥一律白色，洁无纤尘。两间房内桌椅，全是红木的。二人讲好，罗侦探睡在厢房里，小亭却在正房，这都是罗侦探的意思。

刚才部署停妥，就听见下面管家们请用饭，二人此时都觉饥饿，便下楼吃饭。

饭间就在卧室之下，墙上无非挂些国朝名臣的小影，正中设着一张菜台，周围连主位统共有八个座儿，罗侦探便叫小亭坐了主位，自己却在东首一位上坐下。管家们忙着端上菜来，原来李公子早已吩咐预备西餐，所以上的菜，无非是蛤蜊、牛羊之类。

吃饭时，罗侦探探怀取出报纸一卷，铺在桌上，带吃带读。且慢！看官们到了此节，必定要说吾做书的胡造罗侦探的谣言。哪有个精通生理学的人，吃饭时带看书的？这不明明显出自相矛盾的破绽来么？岂知这是罗侦探自小造成的习惯。

列位中曾经同他一席吃过饭的，想也记得，他时常对人说："吾这个习惯，是今世改不了的了。因为吾极珍重时刻，倘是光吃饭，不读书，一则减了吾的兴味，二则不肯细细咀嚼，把整块儿的食物吞下吐去，两样都要伤胃。所以吃饭带读书，往常卫生学家都称为恶习惯，在吾却不觉其害，反觉其利。"

有时他人驳他道："有兴味，多咀嚼，果然是卫生的要诀。但是一心不能两用，吃饭时，心里的运血已是忙得不了，再加上脑里需血，不怕心太乏么？"

他便道："人有习惯，身体里的机体也有习惯。吾的心惯是吃饭时两面供给，犹如一个精通算理人，两只手打两个算盘，决计不会误事。

第五章 寄书

第一案 | 043

但是吾是有了这习惯了,人家没有的,自然不可以一概论。"

　　这都是他的一番高谈阔论,在下不敢妄置一词,但是据吾看来,世界上往往有讲道德的,偏善于做不道德的事;讲法理的,偏善于做不法律的事;又如吾国许多自称"经济学家"的,终日是花天酒地;自称"生理学家"的,没命地吞云吐雾。这样看来,似乎罗侦探的哺不忘卷,尚有情理可原,不必求全责备了。看官以为何如?

　　却说将近吃完饭时,罗侦探忽向小亭道:"烦你向李府管家们说,以后这里只须一个老管家看门,一个小厮在楼下招呼一切,只要每早六点钟上楼来打扫一次,其余即如李公子来,也请他在对面客室里坐。除了吾们二人外,楼上不准闲杂人等乱走。"说罢,放下叉匙,卷了报纸,独自上楼去了。

　　小亭便自到隔壁李府正宅里去,招呼一切,停了一刻,方回到这边来。上楼进房,见罗侦探才封好两封信,见了小亭,便将信递与他道:"烦你派一个家人把这两封信送了。"

　　小亭看信面时,却见一封是寄给上海一家报馆的;那封上写着:送观前黄顺利彩票店主人收。

　　小亭派人去后,复上楼来,向罗侦探道:"刚才一封给《时报》[①]馆的,你的用意,吾也知道,但是那封给黄顺利的,却是什么缘故呢?"

　　罗侦探道:"且慢!如今吾先要问你一件事,你且坐下,细细地告诉吾。"

[①]《时报》:中国近代报纸。1904年6月12日在上海创刊,是戊戌政变后保皇党在国内创办的第一份报纸,实际创办人是狄楚青。

于是小亭就与罗侦探对面而坐，说道："你问什么？请说吧！"

罗探道："当初黄本立死时，在场见他倒地而死的有几个人？"

小亭道："周小莺在堂上说，除死者外，只有她母女两个。"

罗探道："她家不用女仆么？"

小亭道："向来用一个年轻的女仆，近来回乡葬亲去了。"

罗探道："男仆呢？"

小亭道："她们私窝子人家，男仆向来是不用的。"

罗探道："如此说来，那移尸弃在路上，不成是她母女两个干的么？"

小亭道："据警察报称，当时查见死尸时，仿佛是一个身躯伟壮的大汉，但是周婆至今不肯招认有男子帮她移尸。"

罗探道："据她说是哪个搬的呢？"

小亭道："后来被施知县打得嘴巴坟起①，口鼻流血，方招了是她自己搬的。"

罗探点头道："她自己搬，这句话可信么？"

小亭道："吾也是这般疑着，倘然那警察所说是真的，那大汉必定就是凶手了。你道何如？"

罗探道："据这案情看起来，似乎你的推论不错。唉！现在这事真难措手呢！第一是死状如何？第二凶手何人？三则移尸的又是哪个？小亭，吾刚才写信去邀黄顺利，只因吾风闻这人十分厉害。世上厉害

---

① 坟起：凸起，高起。

的人,往往见地比人高些,或者他来了,能助吾一臂,也未可知。吾们且待到了晚上,将第一个难题解决了再说吧!"

第六章　验尸

当晚黄昏七点钟光景，果然施县令派了一个精干家人来。见了罗侦探，打了个千，呼着腰站在一旁，没有说话，先叫了几个"着"，仿佛恐怕掩没了他官家豪仆的招牌似的。

罗探坐在湘妃榻上，手里拿着一卷书，见那管家这般光景，心中又是气又是好笑。要说他是人吧，却是早已失了人气；说他不是人吧，却明明比你人还要狡猾还要玲珑。又想他既然一味官派，吾何不把他来打打趣解解闷，因问道："你老爷在衙门里么？吾到了这儿，还少过去拜望他老呢！"

那管家道："家主请老爷的安，只求老爷早日破案，就感激老爷不尽了！"

罗探道："啊呀！他也要吾帮他查案么？吾这个人，向来不懂官场的礼貌，那查案一道，自然是老吏的能事。哈哈！吾哪里能够？只得看有什么机会供他的驱遣罢了。"

那管家听了，觉得话中有刺，惊惶失色，连忙接口道："老爷别生气！家主决不敢得罪老爷。况且家人临走时，还叮嘱家人说，老爷在查案时，有什么事，只管悉听裁夺便了，有什么阻碍的地方，不妨写信指教，家主当竭力设法……"忽然时计报了八下。

罗探道："是了是了，你下楼坐会儿去吧！吾们也就走了。"

那管家又说了几个"着"，方才一步一步地倒退出房去。

费小亭也正走出卧房来，手里携着一个皮包，向罗侦探道："你也吃过饭么？"

且慢！上文说小亭陪罗探吃午饭，如今小亭又问吃饭没有，难道晚饭小亭就不肯奉陪么？看官有所不知，那罗侦探是生理学名家，所以关系生理学的药性学，也是略而不备的，学了许多。只因他探案事忙，往往无暇寝食，所以发明了一种滋养料丸药，各种人身需用的食料，都包在内，吃了一丸下去，也能补益四肢百体，既省消食的血液，又省便泄的光阴。他就利用这光阴、血液，供给神经的调用，庶可助他研究些奇情怪绪。如今小亭问的，想来就是这东西了。

罗侦探道："吃了，你准备走么？"

小亭道："不错，吾们还是早去早回的好，迟了只怕黄顺利要来呢。"

二人说罢，便携手下楼。小亭走到堂前，便叫小厮凑近耳朵，说了几句，最后声音稍响，说道："他耳朵聋了，不必同他说，来时你自回话便了。"

小厮答应，便开门送了二人出去，重又把门紧掩。

罗、费二人后随，施县尊的管家提灯前导，不多几步路，便拐弯进了阔巷，巷口搭着一个小小草棚，棚前只有两个亲兵，蹲在地上看守。当时那管家抢上前一步，同亲兵使个眼色，便见一个个立将起来。

罗侦探等走到棚下，只见板门上搁着一具尸首，旁边放着一盏半明不灭的巡捕灯，尸身周围紧紧地裹着一条青布褥子，褥子上面有一张符箓似的黄纸。

那管家见了，似乎心有所触，早已牙齿捉对儿厮打，咯咯有声。

罗探见此情形，便向他道："你且在外面等会儿，不必跟着吾们验了。"说毕，就操英语向小亭道："灯在哪里？"

小亭答应，便从袖内掏出一枝大笔似的电光灯来，向死者面上一照。罗探便与他一同凑近细看，看了一会，罗探道："难怪这些仵作们看不出伤呢！咦？这是什么？这是什么？"

小亭道："那是指爪痕儿，不相干的。"

罗探不语，复走到尸身右边，从怀内取出一架眼镜戴了，蹲在地上，将手里一面小圆镜离开眼睛二寸光景，向眼镜对准了光，看了半刻，叫小亭将灯再凑近些，再看了一会，低声说道："难呢难呢！"

小亭问："看出来么？"

罗探道："早哩！看是看出了一些可疑之处，但是现出决难一定说是伤痕，这便怎么处？小亭，你看吧！"说罢，便摘下眼镜，递与小亭，自己代他执了电灯，待小亭看完，问道："如何？"

小亭皱眉不语，也低声道："这便怎么处？血痕虽则略现两样颜色，只是只有这么芝麻大的小疤儿，难道被蚊虫咬死了不成？"

罗道："吾们还是先去看了那事主家的房里，再作计较吧！"

小亭首肯，便笼了电灯，一齐出棚。此时亲兵与管家都已走了开去，站在转弯角上。管家靠在墙上，指天画地地与亲兵讲话。

小亭一招手，管家便走了来，恭而且敬地一站，又咕噜了几个"着"。

小亭问道："封条你带来了没有？"

第六章 验尸

管家道:"是,带来的。待老爷示下,家人立刻就好开的。"

小亭道:"那么你就跟吾们一块儿去开吧。"

于是罗、费二人又跟了那管家向北而行,走了十余步,就见高墩对面一扇矮踏门上,贴着十字样的两条封条,里面两扇长门上,也照样两条。

管家揭了封条,去了锁,推进门去,导二人走上楼梯。原来这屋子里,楼下只有一间,楼上却是两间。

三人踏进北面的一间房里,罗探笑道:"可惜这藏娇的金屋,现在一变而为勾魂的鬼巢了。这床也很讲究,倒不像是小户人家的。唉!不知是,从哪里几个少年身上刮下来的皮哩!"说毕,又对管家道,"你且在外间坐会儿吧!"

此时一轮明月,高悬窗外,窗前的几案,约略可辨。罗探叫小亭取灯向地下照了一遍,却见许多踏扁的干腐米粒,撒满在桌下。桌前靠北的一张椅子,兀自卧倒在地,桌上摆着五碗臭腐的剩余蔬菜。

罗探素重卫生,此时志在查案,倒也不觉什么恶气。他走至窗前,望着月亮,看了一会道:"不错!中秋那夜,也是照样有这种月色。"说着,便将卧倒的椅子拖了起来,自己坐了,独自点点头,望窗前的高墩上看去,向小亭微笑道:"果然不错!小亭你来看吧!"

小亭答应,便与他易席而坐,也照样地向高墩细看,忽然叫道:"啊呀!这是什么?"说毕,将手里的电灯向玻璃窗上细细一照,玻璃上明明现出一个一粒米大的小窟窿来,看毕,便向罗探道:"这是什么意思?"

罗探便靠近小亭,轻轻说道:"小亭吾老实告诉你吧,午饭后吾就在这高墩上查出几样证据来。吾早知那凶手的藏身之处，就是他用的那杀人之器，吾也已经想到。"

小亭大惊道："你的意思，那凶手的藏身之处，是在高墩上么？你决计说凶手是吾那内弟不成？你的证据在哪里？何不早告诉吾？"

罗道："早告你也无用，况且吾没有看出这窟洞时，吾也决不能把那证据确信为真。就是那死者的伤处，也是非查过此屋，决难深信。现在时刻有限，待回家去后，还你证据便了。至于要说凶手是谁，此时力尚不及，但是据令内弟说，当时树后忽现黑影，那也未必尽属子虚。如果黑影是真，令内弟自可置身事外了。小亭吾往常总是说你聪明有过，忍耐不及，你兀是本性难易。这是当侦探的切忌，你还不知道么？"

一番说话，把小亭说得哑口无言。他心里不必说，向来是佩服罗侦探的，如今自己一想，果然顾私忽公，不免要反心自疚。又想他内弟果然赌神罚咒地说，当时看见黑影，或者正是凶手，也未可知，所以便把私衷搁在一边，诺诺连声。

罗探道："吾们此时再去验尸，或者稍有把握，也未可知。小亭走吧！"

小亭便跟着出房，只见管家坐在那靠窗的一只椅上，在那里隐几而卧呢！小亭接连叫了两声，方才答应一声，试试眼睛，冒冒失失地跟下楼梯，在楼下又查勘了好一会儿，方才出屋。那管家兀自睡得蒙眬的，跟着就走，并不将门带上，及至小亭问他，方才把封皮重新封好了门。

当时两位侦探，又到尸场照旧细验，今番不似前番了。

第六章 验尸

第一案 | 053

罗侦探已经有了确实凭据，自信力加了几倍，精神越发振作。小亭索性袖手旁观，看罗侦探从皮包里取出一面 X 光镜来。

小亭忙把死人的脑袋轻轻托起，他便在镜中张了一会，忽然踢足道："惭愧！惭愧！正是此物！正是此物！"

小亭此时心中虽是辘轳似旋转不停，却从方才玻璃窗上的小洞那边推论过去，早料到罗侦探猜度的那种凶器。看官，你道这凶器是什么？原来就是近年来德国枪炮学名家爱特立氏新发明新制造的一枝气枪！

这气枪说来非同小可。平常的凶器，人人识得，人人害怕，唯有这种气枪，却制造得精致玲珑：有的藏在极美丽的绸伞里，有的裹在拐棒（西人行路时所携之棍）里，甚至有种小的，安在烟袋里、笔管里。别说粗看时不觉是杀人无敌的利器，就是仔细摩弄，也休想察得出一些破绽。

这枪形体极小，所以用的子弹，也不过一粒米大，里面含着毒质，一遇着血，便送人命。中弹之处，只显一点小痕，万万看不出是伤痕。从这枪发明之后，各国屡次发现出种种奇案，不知耗费了多少侦探的脑血，方才查得水落石出。所以现在凡系习侦探业的，没一个不当它为莫大劲敌。

如今小亭看了窗上的小洞，又见罗侦探甚至用 X 光镜去照验，就早料一定是这东西出现无疑了。但是这种枪，中国尚未来过，那凶手难道是外国人么？这个问题，当时莫说小亭不能解决，就是聪明无比的罗侦探，也不能便答。所以他虽查出几种重要证据，尚是十分郑重，必须细验那死者脑壳，方才放心呢！

却说当时罗、费二人，费了半点多钟的工夫，方把那子弹从死者的鼻管里，用管子打进去，抽了出来，在电光下仔细一看，何尝不是一粒铁弹，四周凝包着淤血。罗探擦去血痕，只见白如霜坚似钢的一颗铁珠，在掌中闪闪耀目，团团地滚个不休。

小亭吐舌道："啊呀！一定是此物无疑了！若用平常的气枪，决不能用这样小的子弹，罗君你道是么？"

罗探皱眉道："奇怪呢！这东西能打透骨节，穿过一人，再打一人，怎么如今一人都没有透过？这是什么缘故？"不一会，又道："不错！吾呆了。这弹为玻璃所阻，所以却却躲在脑府中；要是没有阻隔，弹子早已透过，伤处不就容易见么？啊呀！小亭，这都是当时凶手算准的，我看此人的本领，着实不坏呢！小亭吾们倒也要仔细提防着才好。"

二人交耳低语，未终，忽棚外那管家进来说道："李公馆的小厮来报，客已到了。"

小亭道："晓得。"便嘱咐亲兵们好好看守，挽着罗侦探离棚而去。

第七章　露奸

却说当时小亭同罗探到了寓所门前，分手而别，自己却到李公馆来。

这时公馆里从账房到门房，都这听见一阵阵算盘声响，出出进进的人，忙个不了。天井里满搁着各种鼓手茶炉等箱笼，厅上挂的彩绸，一半没有收拾好。

小亭这管低着头，穿过几进厅，走进上房，到了李公子书房门口，揭帘而入。这见李公子躺在榻上，在那里想心事呢，见了小亭进来，直跳起来，问道："呵呀！赛诸葛来了？请坐！事情怎样了？尸已经验了么？"

小亭靠窗口一张椅上坐了，说道："验是验了，致命伤也查出来了。"

李公子道："致命伤果然有的么？在哪里？"

小亭道："在脑壳里，是一颗气枪弹子。"

李公子大惊失色道："怎么？是气枪弹子么？这话从哪里说起呢？"

小亭笑道："你又来了！你总是这般大惊小怪，傍人见了，怕不要疑你为凶手么？老弟，这件事幸亏经了吾手，吾相信你到底。还有一层，这事吾非但相信你不会干，老实对你说，这种凶手，你还不配做

第七章 露奸

第一案 | 057

呢！你可知道，这凶器是什么一件东西么？"

李公子道："据你说，自然是气枪了。"

小亭便将德国气枪的话告诉他，又说："这件事真难查呢！你想苏州城里，哪有这样的厉害强徒？倘然凶手已经远逸高飞，却不是件极难的事么？"

李公子道："哼哼！吾倒晓得了这凶手是谁了！"

小亭忙问是哪个，李公子道："刚才县里送信来说，今天傍晚，又讯了那周小莺一堂，据称当时搬尸的，实是她胞弟周云生。这人向在城隍庙前一家军器铺子里做伙计，这日闯祸时，正在家中，所以他母亲叫他把尸首搬出匿迹。县里便立刻将周云生提到，一到了堂，便自称当时搬尸是他，至于当时死的情形，却只有她母女二人亲见，小的并不知道。县里也疑他是凶手，但是为什么他要刺死黄本立，却是无从测摸，所以当时只打了他几百大板，交差看管起来。你想他像是个凶手么？"

小亭想了一会道："据你说，当时你没有听见怪叫时，先看见树后黑影。这黑影的话，罗侦探也很相信的，他已经查到了凭据，这样看来，黑影是真的了。黑影既然是真，凶手是外贼，不是内应，也可想而知了。倘然如你所说，周云生果是凶手，那么他为什么不在里面打，却从外面打，这不是愚不可及么？这是一面的话，反而言之，周云生是军器店的伙计，做这项生意的人，往往是结交帮匪，不安本分，气枪的证据，自然与他很有关系，但是据吾看来，这人似乎不像是凶手。"

李公子道："罗侦探的意思怎样呢？"

第七章 露奸

小亭答道："他本来有三个问题：一是伤痕，二是移尸人，三是凶手。如今两样已经明白，只要在这第三条上着想了。"说罢，掏出金表一看，便道，"吾要走了，怕姓黄的走了，还有事呢！"

李公子诧异道："姓黄的就是黄顺利么？还有一件，我要问你，罗侦探为什么要去请黄顺利？"

小亭道："也不过问他关系这案的事罢了。"

李公子道："黄顺利这人真混账呢！吾们王升一个朋友，今日去劝他，快结了案，好早早把死者安殓。哪知他竟说：'李家不服罪，吾断不甘休。'如此说来，他竟要借死人敲竹杠了，你道可恶不可恶？"

小亭点头便道："时候到了，吾要去了。你倒好，平日永不肯在书房里静坐片时，如今倒也知有心事了。你也知道恶少容易招祸么？吾劝你以后安分些儿才是呢！"

李公子道："吾现在只指望你们早日破案，好似算清了旧时的恶债，以后再不敢欠这种债了。"

小亭喜道："是极是极！你能如此悔过自新，吾更加要尽心竭力替你效牛马了。再会吧！"说罢，便从李公子手里接了一包东西，笼在手中，匆匆而出。

一直走到寓所，把门一推，就开了去。只见小厮指着东首的那间客座里，说道："客人在里面呢，姑爷进去吧！"

小亭摇手，叫他别响，猛听得里面哈哈大笑之声，便走到窗口，向缝里一张，只见那黄顺利同罗侦探并坐在靠东一排太师椅上。

再仔细打量他相貌时，只见他方面圆额，细目粗眉，鼻梁两旁的颊肉上，笑时不时颤动，两个肩膀也不时地上上落落，显出他是巧言令色胁肩谄笑的一派人物。身上穿着元色羽纱①夹衫，外披对襟蓝实地纱马褂，左手执着一顶卷边巴拿马细丝草帽②，那一只手却藏在袖里。此时刚才笑完一场，便把草帽向茶几上一搁，端杯喝茶，却只用左手，并不动一动右手。想来右手上，不是有枝指③，定是有什么疮疤了。喝过了茶，忽向罗侦探道："何以见得是中疫呢？"

罗道："吾觉得血质似乎不对，但是也不能说定是中疫。"

黄道："兄弟呢，并非固执，一定说舍弟是为人谋死，只是天下哪有这样的巧事，早不中疫，迟不中疫，却正在这冤家路窄的时候中了疫？有了这般疑虑，所以才敢来请教。现在既然你大侦探的高明，一验了尸，便说得定实是中疫，那就益吾不浅了。"说完，又哈哈大笑，两只如醉如梦的眼睛，更上上下下地滚个不住。

再看罗侦探时，却只低着头，一言不发，脸上似乎有些惭愧的意思。

小亭自言自语道："奇怪！吾跟他一块儿查案子，从没有见他受人侮辱的，也从没有见他自觉惭愧的，今天怎么忽然地变起性子来了呀？是了是了！"他正如此想，忽然听得黄顺利说了"告辞"，便急忙闪上楼去，先到办事房里坐了，静想这案的归宿。

不一时，就听得罗探上楼，进了房，问道："咦？你什么时候回来的？"

----

① 羽纱：一种薄的纺织品。用棉与毛或丝等混合织成，多用来做衣服衬里。
② 巴拿马草帽：原产自厄瓜多尔的一种草帽，后经过巴拿马而受到欧洲人的喜爱，由此得名。
③ 枝指：大拇指旁歧生之指。

第七章 露轩

小亭道："才回来呢！吾刚才听你说中疫，又说血质里有什么变象，不知你什么时候查出来这些证据？"

罗探道："吾们的事，原不足为外人道的。你才到李府去，有什么消息么？"

小亭便一五一十地说了一遍，又从袖里掏出一包东西来，递与罗侦探，说道："这是从县里送来的，死人身边的东西，吾也没有看过呢。"

罗侦探用双手郑重捧了，仿佛昆虫学家新得了一个怪虫似的，捧到桌上，旋亮了灯，方把包裹打开。包裹里是一个方式黑皮钱袋，开了钮，一格里面有四个小角子①、六张裕宁一元的洋票②，票子虽然折成几条痕儿，却是鲜艳得很，像是初次经人用的；还有一格里，是一个酒店里的小账折儿，折儿里头夹着一张二寸长的女人照片。

小亭便道："这照是周小莺的么？"

罗侦探道："怎么不是？看这形状，就可知了。可怜一对野鸳鸯，一个送命，一个受罪，正是'恨天不与人方便'了。且慢！小亭吾们费了多大的心，如今到了手，却又与案无涉，可怎样是好呢？难道贪这六张钱票不成？"说着，便取了一张钱票在手中，把一个指头在票角上拧了一拧，忽然诧异说道："啊呀！可怪可怪！这钱票有些儿蹊跷呢！小亭你用这种钱票时，可曾试过，票子上的黑色，是一擦就掉

---

① 角子：旧时通用的一角和两角的小银币。
② 裕宁洋票：晚清光绪年间，江南裕宁官银钱局发行的纸质银元钞票，背面印有时任两江总督端方之头像。

的么？"

小亭道："决没有钱票会掉色的！"说着，也从自己身边挖了一张出来，把指头重重试了两下，哪里擦得下一些黑色，便问罗道："你的黑色怎么样？"

罗探得意扬扬道："这次试验，非但可算手头这案的管钥，或者尚好补些法律上的弊窦，你可相信么？"嘴里说话，手里却把桌上六张票子一一试过，没有一张不是如此，便道："小亭烦你再去取家伙来吧！"

小亭会意，便到卧室里取了一架显微镜来，摆在桌上，把桌上的灯熄了，却在镜旁一拨，就发出电光来，光耀烁闪，令人转瞬不及。

罗侦探便把一张票子夹在镜架上，照了一会，又把小亭的一张票子照了一会，又把桌上的五张一连看了两遍，却熄了电光，把洋灯重新点了，向小亭笑道："这事正是出吾意外，票子是假定的了，你去看吧！"

小亭道："怎么样？你以为死者造假票子么？"

罗探道："怪了！你怎样连这个人都不认识么？吾不告诉你，你自己去猜吧！"停了一会，又道，"小亭，吾们二人此次忽于意外查出这目无法纪的一班恶党，也不负吾们走这一遭呢！"

小亭拍手道："不错不错！吾也猜着了，是了是了！怪不得这样地奸猾呢！"

第八章　舆论

一日已过，这日正是八月十八日。

李公馆东首侦探寓所的门口，走出一个赤脚的村老儿，年纪约莫总有五十多岁，头上鬓发皓如霜雪，两只耗子似的眼睛，已经失了一半的光，白洋洋地只望地看，手里执着一枝三尺来长的旱烟袋儿，当作拐儿，在街心乱点，口里不住地咳嗽，似乎肺经里受了什么病的。夹着咳嗽的声音，又叽里咕噜地自言自语，似乎说的："这些小孩子，总是靠不住，不知把担子挑到哪儿去了。哼哼！想是去死了！"

这边侦探寓前一个少年，看得出神，笑道："可怜可怜！"便把门关了进去。

那老者见少年进去了，便放心放开脚步走路。起首几步走得很快，拐过弯，看见这条街上来往的人拥挤如蚁，恐怕撞倒，便又慢慢地走，嘴里还是叽咕着不歇，又不住地在街心拾字纸①，往怀里乱藏。拾到后来，差不多把一件青布破夹衫里都装满了，此时已经走到观前大街，店家柜台里挂的自鸣钟，都指着两点钟上。

---

① 字纸：写过字的废纸。

第八章 舆论

第一案

那老者看了,似乎也还识些钟点,又咕噜道:"到这时还不来,正是要死了!"

忽然太阳渐隐,乌云四布,店家门前的龙旗①、招牌之类,被风吹得摇来摆去。

街上没有带伞的人,乱窜乱撞,有许多轻薄无赖,一路地乱钻,不是踏着了人家的脚跟,就是撞翻了人家的油瓶。他倒也很客气,一路地撞人,还一路地口里说"得罪,对不起",好得是舌头打滚儿并不费力。

那老者见此光景,只怕自己也被他们撞倒,就说不打紧,也须断送了他半条性命。却好街旁一家洋式墙头的茶馆,里面也有许多赤脚的人在那儿喝茶,便大着胆儿,走进栏杆之内,择了一个座儿坐了。

一霎时,跑堂的捧了茶,点了火来,放在他桌上。他便喝了一口茶,又从裤带上解下一个小牛角烟盒,把手里的长烟袋在地下敲了几下,方才低下头,眼睛凑近烟盒,慢慢地装满了一斗烟,吹着火在那里吞云吐雾起来。

老儿前面一桌上,四边围着四个轿夫,也有高高地把脚搁在桌上的,也有曲着搭在长凳上的。内中一个自称"电气灯"的说道:"你说凶手不是姓李的,究竟是哪个呢?"

一个答道:"姓李的你们大家说他是凶手,不过为他同死人向来有仇,所以说他。但是他前回已经把他打得九死一生,已经出了他的毒

---

① 龙旗:清代国旗。

气，决不至于再送他的命。况且他们打架的事，已经人人共知，姓李的哪里再敢干这种没天日的事？"

"电气灯"冷笑道："老实说，这种人还不杀人，天底下就没有强盗了！现在从县里到吾们小百姓，哪一个不说他是凶手？你还要回护着他，指望他听见了谢你么？"

那桌上的老儿听见这边全讲些杀人的事，慌得呆了，忽然插嘴道："哪里杀了人呀？不妨，让吾老头儿听听么？"

"电气灯"正背对着他，见他插嘴，便旋转去道："咦？老叔，你还没有晓得么？这是中秋节那夜的事，现在城里哄得人人知道了，你怎么没听见呢？"

老儿道："我是好几天没有进城了，今天早上在娄门①那边，卖了一担菜，并没到茶会上去，街上也没听得人说。老哥肯告讲些吾听么？"说罢，便将桌下的一只凳子拖出，邀"电气灯"过去坐。

"电气灯"看看自己桌上的茶叶，已是泡得发白了，落得趁现成，过去扰他一碗新泡的香茗，便立了起来，坐在那老儿侧首，说道："说来话长呢！中秋节的半夜里，这里干将坊巷的横巷里，一家私窝子，一个客人，正在那儿吃饭，忽然四脚笔挺地死了，身上却并没有什么伤，你道奇怪么？"

老儿道："阿弥陀佛！不要是那姑娘起了恶心，把客人害死么？"

"电气灯"道："呸！姑娘哪敢如此胆大，她们要客人的钱，自有

---

① 娄门：苏州古城门，位于城东北。

第八章 舆论

她们的迷人的法术，比谋财害命还要强些，岂肯好好地结果了客人，以后就不想做生意么？"

老儿道："那么说，必定是中了邪气了，不然，哪有个好好的人就会死的呢？"

"电气灯"道："哪里是什么中邪？杀人的就是干将坊里李公馆里的少爷。这晚上，正是那个当儿，他骑马走过私窝子门前，忽然跳下马来，到高墩上去了好一会，楼上有了声音，他就跳上马逃了，这话是他自己雇的马夫对人说的。你想不是他，还有哪个呢？"

老儿吐舌道："啊呀！好好的少爷，不会享福，偏要做强盗么？只是你说他在高墩上，怎么会杀人家屋里的人？况且死人身上，又没有伤痕，怎么见得是被人杀了的呢？"

"电气灯"被老儿一口驳住，半天说不出话来，想了一会，方说道："吾前番听得说书的说过，许多有本领的强梁①，能在几十步外伤人，或是吐剑，或是袖箭，最厉害不过的，就是点穴。现在既没有伤痕，一定就是点穴那话儿了！"

老儿道："啊呀！了不得！他们少爷们也有这样的能耐么？"

"电气灯"得意非凡道："怎么没有？他公馆里现请着三个山东人保镖的，个个都能飞檐走壁，成日家在天井里教少爷使拳舞刀，炼得他浑身同铁一样，三五十个人哪里在他眼睛里？有了这种本领，自然也会点穴了。"

---

① 强梁：强横的人。

老儿道:"啊呀!那死的人吾还没有请教姓甚名谁,是本地人不是?"

"电气灯"道:"他姓黄,名字叫什么本立,本来是广东人,自从去年春天跟他哥哥到了苏州,开了一爿彩票店,在观前。也是他们运气好,卖出去的票子,许多中了头二两彩,哄得观前一条街上,全是他们的生意了。他哥哥黄顺利,一把算盘,打得浑熟,做生意是天字第一号的厉害角色。他店里卖出来的票子,总比别家便宜些,要是中了三彩四彩,他看见红票就付彩钱,不折不扣。你想有这样便宜货,哪个不要到他店里去买一张发发财呢?所以自从他的店开了之后,别家倒账①关店的不知多少了。"

老儿道:"奇怪了!别家便不会学他的样,也贱价出卖,中了彩也不打扣么?"

"电气灯"道:"这才奇怪呢!吾听见人家说,别家要是也照他的样儿做起来,就是把婆娘卖掉,还不够贴这注亏空呢!他却会拿了洋笔七曲八曲地打外国算盘,所以不要紧。吾还听得他们说,他同湖北彩票公司里的人认识,所以他自己买了好几次中彩的,发了大大的一注财。又有人说,他开店时便带了本钱,预备赔贴,指望别家一概倒了,他便好独霸一方了。所以别家卖不尽的票子,他都照卖出去的价钱收买。"

老儿怪道:"啊呀!那么他还有什么好处呢?"

---

① 倒账:无法收回的欠账。

第八章 舆论

说毕,只见天气更黑,呼啦啦地来了一场大雨。一般清香寒气,呼呼地直送进茶馆来,把一阵热气立时驱尽。各人都是伸伸腰,呼呼气,看着街上的雨,簌簌落下,却没一个人说话。霎时间,雷电交作,檐下的水喷进门来。

"电气灯"便同了他一个伙计,把轿子移进了些,复又过来坐下,道:"不错呢!天老爷为这种凶手厉害,凡间的人不能捉他,所以自家动手了。你看今天总有个把人打死哩!"

老儿道:"吾们还是说吾们的话吧!你说那家彩票店一味地赔钱,到底是什么意思?难道他们会点金术么?"

"电气灯"道:"不是的,上月吾们隔壁一个朋友打着了一张票子,拿了五百块洋钱,吾亲眼看见是一张一张簇新的洋票。点金术也断不会点出洋票来的。"

老者点头称是,又道:"啊呀!吾们讲了半天,几乎把杀人的案子忘了。你说死人就是开彩票店的兄弟,他既是这般厉害,就不会给他兄弟报仇雪恨么?"

"电气灯"道:"那个自然!你不知道,他早已把前天在场看见姓李的马夫买嘱好了,听说明天就要叫他上堂做见证,告那姓李的呢!"

老儿道:"老哥亏你就会打听得这般仔细。"

"电气灯"笑答道:"不瞒你说,吾们的东家,也是开彩票店的好朋友,成日家在他店里打牌喝酒,所以吾打听得最确实。今天晚上吾们东家还要去同他打牌呢!"

老儿道:"咦?怎么他死了兄弟,还要打牌请客么?"

"电气灯"道:"他们客帮人倒不讲究这些的。吾们苏州人,一死了个人,动不动便哭得死去活来。大户人家,自己哭得不够,还要雇了老妈子们喊着胡哭哩!他却死了兄弟之后,吾从来没有见他出过一滴眼泪的。"

此时雷雨乍止,接着打了几个霹雳,一霎时把太阳都打了回来了。

那桌上的三个轿夫,嘻嘻地笑道:"'电气灯'方才天黑了好一会,吾们亏得你照了这一辈子!"原来"电气灯"是个癞痢①,所以他们这般地取笑他。

当时"电气灯"听了,便立起身来,走到三人身边说道:"好好!如今有了日光,再送你一盏电光灯,可用得着么?你们快些闭你们的龟眼吧!"

老儿见他走了,也立起身来,招呼跑堂的,把两桌的茶一起会了钞,那桌上慌忙称谢不尽。老儿嘻嘻地拿了长烟袋,带走带吸,口里还说"改日进城再会吧!"。

老者说毕,便慢慢地走出茶店,此时地下淤泥高积。苏州城中,每逢热闹所在,就是晴天也难得有几时干净,此时才住了雨点,街上阴沟不多,积下的水,一时哪里就会流去?所以这番老者走步时,更加步履艰难,被来来往往的人,一会挤到东,一会又挤到西。看他景况,煞是可怜,一冲一蹶地向南面行,转弯抹角,又走到了干将坊巷,罗侦探寓所门前,推门进去。

那先前立在门前笑他可怜他的少年,正在中间屋里,见他进来,

---

① 癞痢:因感染黄癣导致生疮而秃头。

笑道："来了来了！快变快变！"

话犹未了，老者抖身一变，早已脱了假相，变成了大侦探家罗师福，手里兀自拿着长烟袋儿，说道："真苦真苦！吾呼倒背走了这一辈子，不能爽爽快快地换几口新鲜空气，真要闷死了！"说毕，举起两手深深地吸了几口气，慢慢呼出，接连呼吸了几下子，方问小亭道："有事么？吾们快上楼吧！"

第九章　假票

二人上楼之后，各自就座，罗侦探看过了几封信，丢在一边。

下面小厮送上本日的报来，罗侦探先拣了一张报，翻到新闻栏中，只见有一节的标目是"省垣命案续志"，便叫小亭来看道："昨天那信发作了，你去看吧！"

小亭接报来看时，只见上面写着：

八月十五日黄昏十一点钟，苏州长邑所属阔巷中私娼周姓家，有黄姓客，正在该妓家晚饭，忽然身死，情同中毒，事已迭志前报。

兹接苏访员详报云： 黄姓客名本立，（中略）据周妓供称，当时目睹此不意之怪事，母女骇无生理，旋设法将尸用褥裹住，合其胞弟云生背负至王废基①荒僻抛弃云云。施县令立饬差拘拿云生到案，再三推究，方供本意欲负尸抛弃，不意方出巷口，觉背负死人，心中恐慌，忽闻面前高声大作，心恐被人察出扭住，故

---

① 王废基：苏州地名。元末张士诚占领苏州，称吴王，将春秋时的子城作为王府。1367年，张士诚兵败，纵火将王府烧成一片废墟，故有"王废基"之称。

第九章 假票

第一案

而委尸逃走是实。施大令①以该案茫无头绪，一时不能结案，十分踌躇。幸本埠著名素行侦探罗师福君适在省垣，愿承侦探之任，施大令大加奖慰，谅不日当可破案矣！

记者按： 罗君于各种奇案，多能迎刃而解，技固神矣！然此案情节，离奇莫测，或言复仇，或称服毒，论者各异其说，然至今伤痕未显，则所以致死之道，终难解决。闻罗君意谓因中痧而毙，然以尚无确据，未敢深信，姑志之，以觇其后。

罗侦探待小亨看毕，便道："且慢！你办的事怎样了？彩票已经买来了没有？"

小亨即从怀里掏出一卷纸授与罗探，罗急忙展开一看，见是一张湖北彩票、四张裕宁假银票，便从桌上取了一根火柴，划了火，把彩票撕下一条焚化了。

烧剩的灰，都在桌上，罗凝神细看了好一会，"哼"了一声道："这贼真胆大！正是一不做二不休。他做了假银票，还要造假彩票，这人的胆真大，这人的贪心奸计，倒也不小。"

小亨大奇道："不错不错！这纸灰实在较平常的两样，吾眼睛里也能辨就识，只是你怎样猜到彩票也同银票一样是假的呢？"

罗探道："小亨吾们每次探案将终时，终是二人对着解决案情的，遇着疑难案情，没有指望时，非但吾有不肯泄露的恶习惯，就是你也

---

① 古时县官多称"令"，后以"大令"为对县官的敬称。

第九章 假票

往往自己一个人肚里做文章，不肯告诉吾。如今时候到了，吾们不妨老实道破吧！"

说罢，掏出烟包，点火抽了几口烟，方道："吾先从第一日讲起。这日到了这里，吾尚不肯深信令内弟，吾这个疑心，也有个解说。常言道：'失之毫厘，谬以千里。'做文章人，初落笔的几句头儿最难，以下一气顺流，就好随笔发挥。吾们探案时，也同这个情理。吾起初查案时，往往深信案中之人，往往错过机会，失了案情的真面目。如今样样式式，都从仔细一面着想，有时不免有些过分。

"所以起初你来叫吾查案时，吾很不愿意。到了这里，尚是有些疑虑，只恐凶手果是令内弟，及至上了手，落不落场，不成了笑话么？后来见他虽是恶少性成，但是心地尚正，不似狡猾诡诈的人，然后放心。及至验尸之后，方晓得凶手是个大大的恶棍。幸亏昨晚黄顺利果来，吾一见了他，便知道不是好人。话说之间，又见他右手上的戒指，方得了真凭实据。"

小亭急问："怎么见得戒指是证据呢？"

罗探喷了一口烟道："吾昨日午饭后，便瞒了你，到事主家的对门高墩上去踏勘了一会。可巧十四那一天下雨，十五泥土未燥，凶手的足迹，尚隐隐显在泥上。讲到这足迹，真奇怪呢！这并不是平常人的足迹，却是猛兽的爪痕。吾起初不道是足迹，岂知走到树下，只见那足迹还从树的四周团团兜了一转。在树的北首，两只脚分开得远了，痕儿亦更加深了，吾便知道这是凶手蹲在地下的处所。足迹旁边，有四个手指印，无名指上显出一只戒指的痕儿。吾当时把显微镜细细一照，见是'WSL'三个罗马字：'W'字正是'黄'字拼音的第一

个,'SL'也与'顺利'相近。除此以外,还见一个圆痕儿深深地嵌在泥上,仿佛是洋伞柄儿,同后来查出的铁弹相照,自然凶器一定是洋伞了。"

小亨道:"佩服之至!吾昨夜听说周云生是军器店里的伙计,几乎又入误径。"说罢,以手抵颏,细细地想了半晌,不免自觉好笑。

罗探忽道:"凶手不必说得,一定是黄顺利了。这人既然如此凶狠,吾们怎样捕他才好呢?"

小亨便问:"你方才可曾访出什么来么?"

罗探道:"怎么没有?"便一五一十将与"电气灯"说的话背了一遍,又道,"吾于无意之中,还找着一个极好的引线呢!"

小亨忙问:"什么引线?"

罗道:"就是那'电气灯'的主儿,这人的形状,一入了吾的眼帘,便永世也不会忘记。第一样最好记的,便是没有辫子,而且一只眼睛是瞎的。"

小亨鼓掌大喜道:"是了是了!黄顺利所以谋杀胞弟的缘故,吾也推想得出了,你听吾说来,可好不好?"

罗探道:"好极好极!吾正要看你的意思,究竟同吾一样不是?"

小亨道:"黄顺利私造假银票、假彩票,是自己用印刷器造的,是也不是?"

罗探点头称是。

小亨接着道:"当时黄顺利正在印假票时,却被他兄弟闯进房去,看破机关。他便威吓兄弟,不准泄露秘密。这正是十四晚上的事。吾听得周小莺供称,十四晚上,本立曾说他哥哥不准他出门,所以直至半夜里敲门进去。这晚见他面色大变，心上不快，十五那晚照样如此。可见看破机关，正是十四了。

"黄顺利终怕兄弟泄了秘密，况且他时常吝啬，不肯借钱给兄弟用，又恐他将来借此挟诈，终究是个祸胎，所以索性狠心结果了他。主意打定，便走到高墩前，换了运动会里赛跳赛跑时用的钉鞋，爬上高墩，绕道树后。正想下手，却巧吾们那内弟骑马来到，又是正巧也上得高墩。这时黄顺利心里，何等得意，何等快活，冤家遇着对头，正好嫁祸于他，便急忙将洋伞中的机关一拨，发出那最凶最险的毒弹来，且喜一发便中，可见这人的眼光也很不弱。罗君你道是也不是？"

罗探听毕，大悦道："正与吾下怀一样，只是吾究竟没有晓得十四晚上这一层原委，被你这一说，更觉深信无疑了。"

小亭道："黄顺利如此狡猾，只怕他同党尚多，不止他一个。还有一层，他有这种手段、这种本领，难免从前是个过犯呢！"

罗探想了一会，摇头道："这一层恐怕未必！你看他既然连他兄弟都慎重隐瞒，不使他知道秘密，况且吾见他面色大有骄傲自尊之态，从他眼睛里看出来，世界上竟没有一个人比他再聪明的，还有哪个配做他的同党？所以吾可以决定说他是没有同党。至于过犯不是，那就难必了。吾看最好今晚就去查出实据，立刻捉住，免得他远逸高扬。小亭你吾快些准备吧！"说毕，看看时计，道："已经五点钟了，快走吧！"

第十章　改装

于是小亭自到卧室准备一切，罗探独在室中，见东方隐隐有几片乌云，再向风雨表架上看了一会，面有喜色。

此时小亭已经携了一个大皮包、两个小皮包过来，道："吾们就此改装吧！"说完，开了大皮包，取出两身华服，丢在榻上，问道："这可好么？"

罗探道："好极好极！"便各人急急换好衣服，俨然二位翩翩的佳公子。

各人取出一架金丝眼镜，罗侦探戴了蓝的，小亭戴的是白的。穿着妥当，又到着衣镜前自己端详了一会，仿佛要赴什么密约似的。

那罗侦探身上穿着荷色春纱长衫、铁色大花外国纱一字襟坎肩，纽扣上显出金煌煌的表链子，手里拿着一枝蜜蜡烟嘴，烟嘴里含着一支金箍儿的雪茄烟，脚上穿一双橡皮底时式皮鞋，走路时，仿佛驾着云雾，绝无一些声息。

费小亭却单穿一件印白熟罗长衫，头戴一顶通草① 太阳帽，两只手

---

① 通草：植物名，亦称为"通脱木"。

指上的戒指，戴得满满的，差不多指头多要弯不转了。足下两只皮鞋，吱咯吱咯响个不绝，走路时不住地自己照着周身的衣服，有时皮鞋上沾了一点泥，也要立定了用帕子细细拭净，方肯再走。

二人举止风流，大有顾影自豪之势，走出了诗巷，却好街前停着三四匹马。马夫见了二人，便"一二三四"地乱喊。这是他们伙计们论数目做买卖的口号，不必多说，二人各拣了一匹，带缰上马。鞭影一动，两匹马呼啦啦地腾云驾雾的一般去了。

不到一刻工夫，早已来到元妙观前，二人下马，付了马钱，一直走到正山门。在观场上绕了一个圈子，只见说评话①的，玩把戏的，正在热闹的当儿呢！二人无心留恋，走到西面，从西洋镜②的棚帐下面钻过，便见临空的一垛照墙。照墙前面许多人，围着两个走江湖耍拳棒的，此时并不打拳，嘴里说些"龙眼识珠，凤眼识宝，牛眼识稻草"，一片山东话。说完了，玩了一个扫堂腿，两只手便往四面团团一拱，口说"诸位叨光了"。

二人见了，一笑便走，一径走进"雅聚园"茶馆。只见南面靠着栏杆，一桌上坐着三个小伙子，指手画脚地在那里谈天，内中一个正是没辫子的独眼龙。于是罗侦探便向小亭使了一个眼色，二人就在那三个背后泡起茶来。

---

① 评话：曲艺的一个类别。表演者多为一人，以醒木、扇子等作道具，运用说表、口技、赋赞、人物模拟、噱头等技巧讲述故事。传统书目多为历史、侠义、神怪、公案一类题材。现有苏州评话、扬州评话、北方评书、四川评书等。
② 西洋镜：民间一种供娱乐用的装置，匣子里装着画片，匣子上有放大镜，可见放大的画面。因最初画片多西洋画，故名。

喝了一会茶,那三个起身就走。此时天色渐黑,茶客纷纷散去,二侦探也就付了茶钱,联袂而出。

上灯后,二侦探便到徽州面馆"老丹凤"去吃饭,上楼之后,却巧先前茶店里的三个小伙子已先到了,看见他二人上来,便十分注意,打量了他们一番。

堂倌①引着他们,到傍着那三个的一桌上坐了,问道:"还有客么?"

二人回称"没有",便向堂倌要了一壶酒、几样菜,无非是鸡片、虾球之类。

二人问堂倌道:"这城里晚上有什么热闹的处所么?"

堂倌听他们满口是上海口音,知道是人地生疏的客商,便想了一会,答道:"这里城里没有什么戏馆、番菜馆②,晚上吃过饭,便没有市面了。客人要问玩耍的所在,那是有的。"说完,笑笑更不发一言去取菜了。

这里罗侦探故意埋怨小亭道:"好好地在城外玩不好,偏要到这闷人的地方来,岂不可厌?"

小亭道:"两只腿生在你自己脚上,谁叫你跟吾来的?现在已经到了这里了,吾也是没法。你说闷,吾难道不闷么?吾看还是吃过了饭,仍旧雇两匹马出城吧!"

那桌上三个,中间一个身材短小、头发焦黄、两瞳深青的,向一

---

① 堂倌:亦作"堂官",茶馆、酒店、饭馆、澡堂里服务者的旧称。
② 番菜馆:西餐厅。

第十章 改装

第一案 | 085

个一只眼睛、没有辫子、穿着竹布长衫的道:"昨日的那副牌,真是奇怪!吾从初斗牌起,从没有见过这种怪牌的。"

那没有辫子的道:"你……你……你自己不好,怪……怪……怪什么牌?倘然你发了白板,接了三筒,怕……怕……怕不就是你和了么?"

靠窗口那个长刘海压住眉毛、遮过耳朵的,插嘴道:"密斯脱①张,你也不必这般懊恼,停刻儿放放手段,再图反本就是了。"说话时,两只鼠儿似的眼睛,不住地向隔座上那两位上海客人打量。

可巧那戴蓝眼镜的,正旋过头来,听他讲赌景,两条绝细的眼光,火灼灼从眼镜架子上边,直射过来。

长刘海的连忙回转头,只做没有看见,他随手举杯,喝了一口酒,放下杯子,两个指头,敲着桌子,低低地唱起《三娘教子》②,那支京调来。

那没有辫子的笑道:"你……你……看他戏……戏戏迷儿又来了,吾劝你简直是放……放……放……着嗓子,唱……唱……唱他一出吧!"

长刘海的道:"你密斯脱林,不爱听京调,吾兄弟也决不敢扰你的清听!"说完,哈哈大笑了一会,又狠狠地喝了一杯,把杯子一碰道,

---

① 密斯脱:英语mister的音译,亦常译为"密司忒",意为先生。
② 《三娘教子》:戏曲剧目,明代故事戏。薛广有妻张氏、姜刘氏与三娘王春娥,薛广赴镇江不归,其友吞没其金,伪称薛广已死,而张、刘氏先后再嫁,唯三娘独力抚育刘氏子倚哥。倚哥在学中被同学讥为无父无母,负气不听三娘教训,致使三娘以刀断机布,以示决绝,老仆薛保再三劝解,母子方和好如初。后倚哥高中状元,薛广亦以军功得封还家,一家方得团圆。

"好好！吾们还是猜外国拳，鼓鼓兴儿吧，喝这闷酒真难过！"

没有辫子的听了，便闹起他的新法来，举起一只手嚷道："吾……吾……吾……赞成！吾……吾……吾……赞成！"

那青瞳白面的密斯脱张，正想心事，想得高兴，被他一嚷，也只得没精打采地附和道："吾也赞成！"

于是三人呼幺喝六①，高声鼓噪起来。

他们的外国猜拳，原来并不是从外洋留学习来的。说书的也曾仔细地打听过，听说是这位没辫子密斯脱林，原也曾到过日本两个半月，学什么法政速成科，可惜他生成吃口②，说一个字，至少也要连叫这么两三遍，才能把神经中的电浪，传到嘴唇边，方说得出第二个字来，所以在日本不会演说，留学生个个讨厌他，说他已经吃口，将来学成之后，到了本国，不会靠嘴吃饭，也断断乎不会得法。他自觉无味，在东京举目无亲，有钱也没法儿使，所以就逃回本国，在上海混了几个月，不知怎样，此刻又混到了苏州。他在苏州时，便比不得日本了，一出门，街上的小孩子，一路跟着欢迎他，口口声声地称他为"洋先生"。他也自鸣得意，居然以"洋先生"自居，天天在观前逛来逛去，茶馆是没一家不到的。

这时苏州城里，没辫子的能有几个？开通些的读书人，跟一般目力高尚的学生，哪一个不去恭维他？而且他手段又阔。常言道："有钱

---

① 呼幺喝六：掷骰子时的喊声（幺、六为骰子的点数），泛指赌博时的喧哗声；也用来形容盛气凌人的样子。
② 吃口：口吃，一种习惯性的言语缺陷，说话字音重复或词句中断。

多朋友，无钱多冤仇。"所以他的应酬，日日夜夜，甚是忙碌。

　　合该他时来运到，就在这应酬之中，发明了一个新法，这新法虽不能向农工商部求个专利奖牌，也可骄示侪辈，流惠后进了。这个新法是什么？却原来就是那外国猜拳法，猜时同老法差不多，不过叫的数目，一概全用"温土脱列福"①一派外国话。你道这林君聪明不聪明？可见中国人近年来的新发明，也一日进步一日了。

　　他们这边猜拳时，那边桌上的两位少年，看看眼熟，也就鼓舞精神，步起后尘来。可怜他们没有下过门生帖子，不懂外国拳的功用，只得依着旧法，一品呀，三元呀叫将起来。

　　猜了一会，白眼镜的越猜越输，越输越发急，越发急越输，越输却越要猜，喝罚酒喝得像个戏上扮的关公了。

　　那桌上见这边蓝眼镜的如此好拳，大家多看得呆了，三人中的那位黄发健将，看着似乎不服。密斯脱林会意，也劝他翻过台，到那边去，与蓝眼镜的交手。

　　可巧二位少年，一阵拳已经猜完，蓝眼镜的道："挨哀阿姆他雅特，来齿斯笃泼②（意即：吾倦极了，吾们息息吧！）。"

　　长刘海的听得英语，正中下怀，便笑向黄头发的道："密斯脱张，你有兴么？待吾来同你们做介绍，可好？"

　　密斯脱林插嘴道："好……好……好极，好……好……好极！"

　　于是长刘海的便用英语去请隔座那蓝眼镜，起先蓝眼镜还不肯，

---

① 温土脱列福：英语 one two three four 的音译，即：一、二、三、四。
② 挨哀阿姆他雅特，来齿斯笃泼：英语 I am tired，let's stop 的音译。

第十章 改装

后来逼不过，只得用本国话说了声"献丑"，便移了一移座儿，又将酒杯放在桌边，卷了双袖，高声对战。

猜了一会，不分上下，那黄发健将，便把蓝眼镜的请到自己桌上拼座，连那白眼镜的少年，也一齐移杯易席，免不得一场恶战。几番鼓噪，方才偃旗息鼓，各个通名通姓起来。

原来罗侦探自称姓金，字了庵，现任沪宁铁路①总稽查；那位姓蔡的同伴，却是本局的会计，目下因公干到了苏州，明早就要回上海的。

五个人说说谈谈，不觉已是相近八点钟了。长刘海的缪君，极力把二位少年恭维，一定要请他们到黄家店去打牌。蓝眼镜的忙问黄家店在哪里，三人回称不远，却是一家彩票店，在他店里打牌，比起上海的总会来，还要胜过十倍。

却巧那二位少年也有樗蒲②之癖，听了一席话，便也十分愿意，唤过堂倌，叫他把两席的账，一并开来。

长刘海的连忙阻住，向堂倌使个眼色，口里嚷道："这自然吾们应尽地主之宜。吾们文明人，不必闹这些客气！"

二位侦探再要谦时，看看堂倌已答应一声，去了，便向三人道了谢。

各人将挂在窗上的衣服穿好，匆匆下楼，向黄家店而去。

---

① 沪宁铁路：从上海经江苏省苏州、无锡、常州、镇江到南京西站（下关），长311公里。1905年动工，1908年筑成，东接沪杭铁路，西接津浦、宁铜等铁路，是上海与全国铁路网相联、通往北方各省的交通干线。现为京沪铁路的一段。
② 樗蒲：一种古代赌博的游戏。投掷有颜色的五颗木子，以颜色决胜负，类似今日的掷骰子。后也为赌博的通称。

第十一章 入穴

五人出得"老丹凤"面馆，正想向黄家店去，忽听得背后一阵声嚷，忙立定了脚，定睛一看，却见那厢来了两匹棕色马，马上两个人，满头流汗。

南边人的骑马，同北边人的摇船，都是出名外行的。可怜苏州城里的一班纨绔公子们，一味地要东施效颦，专好在热闹街坊上跑快马，嘴里不住地死要学着京话叫"马来马来"。街上走路的人，听得是马，哪个不怕？及至，走近一看，却见马上的人，东倒西歪，全没一些气概，惹得旁人不骂"死马"，便咒"死人"。现在两位骑马的人，不免就是这一辈了。

两匹马来得相近，这边黄头发的张君眼快，瞥眼看见，便嚷道："老八，老八，快下马！吾们久候了。"

二人急忙爬下马背，吩咐马夫去了，便招呼了众人。见了二位侦探，便问尊姓台甫①。

没辫子的林君，不耐烦，便道："这里不是讲话之处，快……"

---

① 台甫：敬辞，旧时用于问对方的表字。

第十一章 入穴

到……了,再谈吧!"

于是七个人一伙儿到黄家店来,只见店门前闹哄哄地挤着一群人,都在那里对票子的号数,门前雪白光亮地挂着一盏假水月电灯,照得如同白昼一般。

二位侦探,随着一群人,才至店门,忽然店里的人,纷纷拥出,一霎时走得干干净净。只见柜台里面的几位伙计,也有拨着算盘结账的,也有急忙穿了长衫,预备出门的。只有一个小伙计,立在柜台上,开那柱上挂的一架自鸣钟,其时短针正指在八点钟上。

那小伙计方开好钟,"扑通"望下一跳,却却没辫子的林君,赶进店门,两个人都是出其不意,正撞个满怀。

林君大怒,拖起那小伙计便打,岂知手还举得高高的,那孩子早已放声大哭起来。后面那位长刘海的,抢前一步,劝开,方算了事。

那林君兀自"王八羔子"地乱骂,一手指着那孩子,向黄头发的张君道:"你看这小……小……奴才,岂……岂不野蛮?人家一双袜子,全……全被他踏醒醍了!"

张君听了,便一手捋捋自己的胡子根,仿佛辩护士①在公庭辩案的模样,说道:"他呢,自然不免太鲁莽了!只是大家不留意,你也须饶他这一遭!"说完,便领着众人,一直走到客座的房门口,并不谦让,竟先自走进。后面几个人也便鱼贯而入。

到了客座里,各人正想脱去长衣,猛听得轰隆隆呼啦啦一片声响,

---

① 辩护士:替某些言行极力辩解的人。

第十一章 入穴

震得房子多摇起。挂在房里的洋灯，也摇摆不住。接着又听得隆隆价响，声音渐远渐低，于是房里的众人，也渐渐把受惊忍着的一口气，徐徐呼出方才知道，适才震天价响的却是雷声。

此时天气骤寒，大凡才受过惊的人，感觉寒暖最快，所以众人中有几位已经解开几个纽扣，这时也不知不觉地自己重又扣上了。唯有二位侦探，却最十分仔细，到了客座里，细看屋内的陈设，果然黄家店的华丽，名不虚传。

居中悬着一只汽油灯，灯光从壁间一面大整衣镜里，反射满屋，仿佛身游不夜之城。更兼四面挂着泰西①名家的油画，彩色鲜艳，情景活泼，居中一幅御笔"福寿"二字，陪着两条对联。朝外设着一张供桌，桌上一座神龛，龛内一位小影，想来不是赌王，定是酒仙了。

二人看毕，便随着众人，让了座位。倒是那路上遇着的二位骑马的英雄，请教起他们的尊姓大名来。二人答了，再问他们二位，原来是昆仲②，姓高，也是广东人；居长的字继常，现在二镇当洋务局差；乃弟字勉仁，在某学堂里读书。

继常一口广东官话，喉咙又响，叮咣叮咣的广东土音，颇觉惹厌。他觉官气熏人的高谈阔论，讲的无非是院上是他老师，首府③是他至交，还不时地掏出那白石的鼻烟壶来，搁在手里，嗅个不住。那位勉仁，却早溜到屋角里，同长刘海的缪君，开那秘密谈判。

---

① 泰西：旧时泛指西方国家，一般指欧美各国。
② 昆仲：称人兄弟。长曰兄，次曰仲。
③ 首府：旧时对知府的称呼。

忽然缪君立起来，向众人说道："顺利到此刻还不来，真是岂有此理！吾可又要反宾作主了！"

那高继常不待说完，早大声说道："好姐好姐（广东人称'好极好极'的别音）！吾也手痒得煞煞不住了！"

那没辫子的林君听了，也道："吾赞成！吾去看那野蛮的小……小……畜生去，怎么客到……到……了半天，茶都不……不送来么？"说了，便要出门，一只脚才跨出门，便被一人抱住，把他吓得非同小可，"啊呀"了几声。

众人定睛一看，只见主人黄顺利早已进得房来，把林君推开，方向众人笑逐颜开地道了歉；一眼看见二位侦探，立刻收回笑脸，向二人打量了一会，忽然又摸摸自己身边，说道："啊呀！轿子里的东西，还没有取出来，待吾看了来。"说罢，便反身出屋而去。

此时众人都不在意，唯有二位侦探，面面相觑。白眼镜的拈着五指，做手势对谈。原来他二人都精手谈之术，旁人看了，并不留意，他二人却暗中密传秘机。

这种手谈术，现在泰西各国聋哑院，都用着谈话，但是英法文只有二十几个字母，辨别自然容易，至于中国的言语，既非字母，又非拼音，所以至今用此法说话的，除他二人外，恐怕找不着第三位了。

这个问：破绽有了，吾们好下手么？

那个答：尚早！不必惊慌！当相机行事，料无大险事！

这个问：证据尚无，如何设法？

那个答：不问那贼看破看不破，吾们第一策，要解他的疑，吾料吾们决无破绽。不过贼人心虚，防虞生客，故意作此怪状。吾们只做不知，将计就计，方可再想他法。

果然二人一问一答，并无一人察破隐情。

那没辫子的林君，还咯咯地背着黄顺利，骂他吓人不该吓得如此地步。黄头发的张君，笑他洋先生胆小，他便老羞成怒。二人几乎吵起嘴来，幸亏各人劝开，方算没事。

那高继常却是口里含着象牙的短旱烟袋，那嘴子是翡翠的，便不知不觉地一时五色并列在一块儿了。

怎么叫作五色并列呢？原来他鼻子下面，鼻烟搽得满嘴唇全是，鼻烟是黄色的，鼻子是赭红的，烟嘴是碧绿的，烟管是雪白的，衬着指望了长久，不肯长的胡子根，是墨黑的。你道这五色配得整齐不整齐？

他抽了几口烟，踱着方步，咕噜道："这种主人真混账！取东西也好叫用人去取，怎么丢着客人不来陪？真是岂有……"

话犹未了，只见方才那个小厮，跑到门前，口称先生请缪少爷，快去一遭。

那长刘海便赶紧出去，不多一会，便走进来。黄顺利也跟在后面，高继常见了，把他一把拖住，要他赔怠慢客人的礼。

他也无可无不可地作了一个揖，口里说道："你说今天要回镇江，怎么不去？"说话时，两只眼睛，不住地向二位少年打量。

高继常忙把二位侦探的假履历，先告诉了他，顺利便假意过来向二人招呼，又谈了几句，无非讲些屋里的精致美观，顺利又谦了几句。

高继常催着要看牌，顺利便叫了小厮进来，准备好了，先说要分两桌，后来黄头发的张君，再三推托，不肯入局，那戴蓝色眼镜的金

096 | 中国侦探：罗师福

君（罗师福）也称不会，方只摆了一桌，就是高继常、没辫子、长刘海，同白色眼镜的蔡君四位。其余四位，却围着旁观。

第十二章　获据

常言道："天下无难事，只怕有心人！"

你看黄顺利这人，何等狡猾，何等精细，一到了家，见来的客人中，杂着两个素不相识的人，他便触着心机，防着被人暗算，却假装出一种诡私不测的形状，来试你一试。倘然这二人果然怀着鬼胎，怕你不露出局促不安的颜色来，那时即使你动了手，将他拿住，也说不出他的真凭实据来，如何好奈何他得？

哪知强中自有强中手，任你是怎般奸恶，一时被你猜破，那二位有胆有识的大侦探，仍是不动声色，使你疑无可疑，却渐渐运出那风云不测的手段来。

不多一刻，罗侦探渐渐与黄顺利说得投机起来，黄顺利听他口气，乃是一个初出道的阔少，夸富骄贵，大言不惭，讲到上海的嫖景，更说得手舞足蹈，憨态可掬，却全是一派的外行话。顺利料定他一定是上海的那种寿头①、瘟生②，更看他把洋钱满桌地乱押，赢了钱都要请教

---

① 寿头：方言，指昧于人情世故，易受愚弄欺骗的人。
② 瘟生：又写作"瘟牲"，骂人如遭瘟病的畜生。《上海话大词典（第二版）》（钱乃荣编著，上海辞书出版社，2018年11月）中有说明：造词时，也与英语 one cent 有关，取一文不值义。

别人同他算码子。

此时顺利非但不疑忌他,而且还想把他二人也一伙儿地打到他那篾片①大网里去。不到一点钟的光景,二人竟是"老黄""老金"地称呼起来了。

忽然罗侦探立起来,要出去解手,顺利便陪他出房,到了门外,指着背后小天井里,任他自去,自己立在房门口等他。及至解好了手,走了进来,只见那簇新的春纱长衫上,被雨点打得透湿,顺利着实过意不去,便啧啧地称是可惜。

罗侦探道:"不妨不妨,件把旧长衫打什么紧?明天本该要换了。"

顺利道:"无论怎样,你现在穿着,终不像样,快到书房里来,把它揩干了,才好呢!"说完,便将客座后面的一间书房,开了门,让罗侦探到了里面,点了洋灯,取出一块干毛巾来,待他擦雨渍。

罗侦探接在手里,左拭右拭,两只眼睛,却暗暗地偷看房里四周器具,一眼看见壁角里两柄洋伞,一柄极新,一柄极旧:旧的那柄,已经变成深黄色了;那新的一把,柄上银色灿烂,远远看去,雕工也着实不坏,而且那柄的尺寸,竟有全伞之半,似乎是西洋女人用的伞,外裹着套儿,即此可知这伞还没有受过今天的雨水了。

擦好长衫,便将毛巾挂了,又周围把房里的器具,看了一遍。却见那西洋书桌的式样,也十分特别,黑漆漆得润泽可鉴,估起价来,至少也须四五十元。苏州地面上,就是出了大价钱,只怕一时还没有

---

① 篾片:旧时豪富人家专门帮闲凑趣、图取余润的门客。

买处。

罗侦探早知不是寻常之品，正待要问，顺利早先开口，说道："你看这书桌的样儿何如？"

罗侦探道："好极好极！非但样儿好，就是木料也很不低，你从上海买来的么？"

顺利"哼"了一声，说道："上海？老金，你在上海可曾看见店家有这样的书桌出卖么？吾也不知费了多少心思，才想出这样儿来，又请人打了图，才教他们定做的！你倒好大爷性儿，吾请你照样地代吾买一只去。"

罗侦探心里想："你快休夸吧！眼见得你费了许多心事，水落石出，也在眼前了。"便故意使着大爷脾气道："吾不信！什么宝贵的家伙？现成的，店里多得很，也值得定做么？"

顺利见他兀自不信，便走到桌前，将桌前的一只铜钉一旋，呼啦啦一声，那桌上的一块活动板缩了，文房四宝，顿时罗列满桌，又一旋，便见两端各送出一盏小电灯来。

罗侦探看了，称叹不置，笑道："果然玲珑可爱，真是有眼不识泰山了！"说完，便去看那抽屉，见是两面各有三只，正想去开，忽然看见地下一大块墨痕，便将鞋底去试踏，只觉那墨质如胶，粘住脚底。又见地上摆着一罐印书用的墨胶，便随手取起一看，却假做不识，问顺利道："这是什么东西？"

顺利道："不相干！这是外面柜台上用的。"

却好小厮送进两杯苦果茶来，顺利便接了那罐墨胶，交与小厮，教他拿出去。

第十二章 获据

第一案

罗侦探也就立起来,看看墙上挂的照片,也有男的,也有女的。一张黄顺利自己的放大照像,放在靠壁桌上。金漆照架之傍,有一只黑漆的文具,漆色与书桌一样,内中不知放些什么东西。看毕,便喝了一口苦果茶,只听得客座里唤道:"老黄,老黄!快来看吾们这一副怪牌!"

顺利应了一声,便先吹了灯,同罗侦探出了书房,随手把门锁好,复至客室中来。

原来那位没辫子的林君,和了一副清一色,三输一赢,把个高继常气得眼睛里冒出火来,不住地向林君那副牌细看,心下着实不满意。见了顺利,便立起来,一面点火抽烟,一手指着那牌,向顺利道:"你道吾倒霉不倒霉?这副牌明明是吾叫和的。"

顺利看了牌,也着实替他可惜,便问道:"你们四圈已经打完了么?"

高继常道:"完是完了,怎么样?你也要看四圈么?"

费小亭此时也已立了起来,正想看罗侦探的面色如何,忽听继常要叫黄顺利看牌,便趁势说道:"好极好极!吾们正要少陪了!"

继常道:"啊呀!这样说来,倒是吾下逐客令了,岂有此理?吾是断不能容你走的!"

罗侦探便替小亭说道:"吾们二人,明天清早便要回上海总公司的,此时时候已经不早,再迟些,只怕城门要关,只好下次有缘再叙吧!"

小亭取出时计一看道:"已经九点半了,立刻就要失陪了!"说着,向罗侦探一看,意思就要出去了。

继常道:"什么要紧公事?便恁般要紧,不瞒你说,吾兄弟也现当着差使在镇江,吾却只是不理会。古人道:'浮生若梦,为乐几何?'一个人何苦拘拘束束呢?况且还有一件,如今雨下得这样大,你们就想穿了这种衣服,走出城么?即使决计要去,也须招呼他们叫轿子呢!"

顺利听了道:"不错!还是坐轿子,还是怎样?要骑马就把高老八那两匹借用也好。"

小亭接口道:"好好!吾们不常到这里来,用轿子闷气煞人,还是骑马的好,就烦你代雇两匹吧!不必借劳高继翁的尊驹了。"

高继常哪里肯依?便叫他兄弟快去招呼马夫配䩞,把二位送到车站上去。他兄弟答应去了。

究竟没辫子的乖巧,那林君忽然向二人道:"你们骑……骑……马,也须带洋……洋伞才好呢!老黄,你去取……取……取来借给他们。"

黄顺利又想了一想,答应道:"啊呀!吾洋伞只有一把,待吾去看柜上有没有。"说罢,也自去了。

这里罗侦探又向小亭使了一个得手的颜色,小亭会意,口里却只管向高继常说后会再叙的话。

原来小亭也稍费了些本钱,在竹园中很慷慷慨慨地送了几个钱。大凡此道中人,只要有一个人不吝啬,惯输钱,大家便与他投机。更兼高继常与费小亭,同是负家,同病相怜,所以各人临别之时,都有依依不舍的样儿。其实呢,小亭自有心事,全存一番假意,他又何尝愿做你高大令的朋友的?

不多一会,高继常的马,已经配好;黄顺利的伞,也取了出来。

岂知洋伞找来找去,只有一把,顺利十分着急,气得暴跳如雷,口里只管骂那小厮,把送客的事,全本忘记。

罗侦探便道:"洋伞可以不必用,吾们就要告辞了!"

顺利听了,方才说道:"不错!吾倒忘了,何不就披雨衣呢?"便立刻叫小厮去取。

不多时,取到,二人披了,便与家人一拱而别。

各人送到门口,看他们上了马,方才进去。

唯有黄顺利想起二人来历,很是蹊跷,着实疑心罗侦探盗他洋伞。又想到起初进门时,本来就怕不是好人,怎么一时忘了,竟引狼入室,把他请到自己性命攸关的书房里去?又埋怨自己,适才同他进房时,一时粗心,未曾留意那物,不知那时究竟在房里没有?回想那时,与他寸步不离,决计不能盗吾那宝物!况且这又不是幺麽小物,可以藏匿得过的,就使此人不是佳客,终不能有遮眼法,当着吾面盗去。左思右想,真是奇怪!

此刻送客时,便目不转睛地向二人看,不论罗侦探手里鞭子一动,辫发一摇,他都以为是他的宝物,仿佛同患了神经病的一般。只是仔细看去,罗侦探身上,又何曾有洋伞的影子?

二位侦探,得意扬扬地到了碧凤坊巷,一家大墙门门口,凉棚之下,四顾除马夫外,没有第二个人,便飞身跃下马来。

罗侦探从怀里掏出两块洋钱,递与马夫,又把脱下的两件雨衣,交给他,又嘱咐道:"你此时暂到别处,等会儿,过了两个钟头,再回去,就说已经送出阊门,吾们坐马车回去了。切记切记!"

马夫有了这意外的赏钱,喜得心花儿都开,哪有不依之理?便一口应承地驰马而去。

小亭见马夫去远,便向罗侦探道:"凶器已经查出了,是不是?吾听说洋伞已经不见,难道你已盗来不成?"

罗侦探道:"哪有这样容易的事呢?"便将适才在书房里的情形,约略说了一遍。

小亭道:"洋伞如今怎样呢?"

罗道:"他吹火时,吾便乘机把洋伞藏在靠壁一张方桌之下,那桌子四面遮着白布,料道一时不至查破。只是这件事,未免太危险些,只怕他此刻寻出,那就棘手了!吾们快准备吧!"

说完,二人将外衣卸下,折好,各向紧身软靠①里一塞。原来这软靠就同雨衣一般,不透水的。软靠袋里,各怀手枪两把。

二人准备好了,便飞身上屋,在屋面上轻轻走去,毫无一些声息。

走到黄家店的屋上,罗侦探便与小亭接耳说了几句,自己便跳在书房外的小天井里,还听得里面隐隐有些牌声,料道无事,便轻轻开了门。这门就是适才解手时走过的,所以路径也熟,进门后先将手帕将鞋底擦干,方才进去。

进门不到四五步,便是书房,此时幸是无人出入,便大着胆,用百合钥匙②,开了书房门,随手将门掩上。

房里伸手不辨五指,急取袖中电灯,拨动机关,先向四周一照,然后走到方桌前,取出洋伞,仔细在电光下一照,果然原物。心中非

---

① 软靠:戏曲中古代武将所穿的轻型铠甲。
② 百合钥匙:即"万能钥匙",其实是许多用钢丝、铁钩和齿模制成的组合拨动工具的总称。

第十二章 获据

常得意,便将身子依在墙上,把手里电灯,置在桌上,左手拿伞,右手在伞柄摸那机关。

摸了多时,只觉伞柄光滑无比,毫无凸出之处,又在电光下左看右看,并不像是凶器,心里很是着急。又想顺利虽然失了伞,依然置之不问,逍遥着看牌,或者这伞竟不是凶器?那今天破案的事,不免多一层阻力了!

再看伞柄,却与前日高墩上的泥印,一般无二,便深信在泥上留迹的,决计不是别把。乃将伞头向上,只见光头上包的黄铜,琢磨得也很润滑,便把包头狠命一旋,似乎活动。

原来那包头里面,果然是螺丝纹的,旋了两转,便取开一看,伞头上明明有一个小孔,并且显出那伞柄是纯钢,不过外面包着木质。

就这一个伞柄,也不知要费多少工夫,多少心思,方做得到如此精致,如此玲珑。将铁质充做木质,凶器变成美器,别说旁人有眼不识泰山,就是死者到此时复活,也决计不信这可爱的东西,是伤他命的凶器。

自来世界上伤人最可怕的凶器,往往如此,你道可怕不可怕呢?

且说罗师福见了伞头,一时的欢喜,自己也不知从哪里来的,看了一过,自言道:"惭愧惭愧!"

"惭愧"还未说完,忽然听得一阵脚声,好似一个人,从客座里忽然跑将出来。

罗侦探这一惊非同小可,急忙笼了电灯,将身子一蹲,躲在桌下,却好被那白色桌布遮住。又听脚声走到房门口,就停了,半时没有声息。此时外面雨声簌簌,更不辨来者何人。

108 | 中国侦探：罗师福

第十二章 获据

半晌，方听得那人仍旧回到客堂里去，口里还说："雨大……大……大得很。"

罗侦探听了，方才安心，再从桌下出来，开好电灯，伞头向着地板，用右手将伞杆一旋，只听得"吱"的一声，喜得罗侦探几乎自己一个人笑出来，遂将电灯向伞头指处一照，却见一个小窟窿，穿入地板，弹子不知往哪里去了。

便又走到写字桌前，将灯向两边抽屉，照了一遍，伸手在右手一边抽屉底板上一摸，果然有一个钥匙眼，遂用百合钥匙去试。试了半天，哪想开得开？便把怀里吸铁石取出，在钥匙孔外一吸一推，只听得"咔嚓"一声，桌底板坠下，就见两本账簿，随手落地。

拾起一看，账簿面上都写着"宝藏与马"四个大字，揭开几张，见里面无非记些"某日几十张""某日几百张"；再看第二本，却全是店里出入的杂账，还有十余张裕宁假票，也夹在中间。

看毕，将来置在桌上，再去摸索抽屉底下，觉得还有一块板。这块上却无寸缝可容钥匙，正想那宝贝或者在左边抽屉下，也未可知，岂知手才一动，那板里的机关，已经惊动，忽然落下地来，声音甚响。

幸亏外间里正在洗牌，把这阵响声，却却遮过，然而罗侦探已是吃惊不小，心窝里剥剥地跳个不住。定了定神，再伸手去摸，又摸着是一块板，板上两个铜钮，先向两边一摇，觉得活动，才一放手，那板也丢下，上面便是一块铁板，向上一掀，"吱哩哩"飞下一张彩票。

此时证据全已到手，罗侦探心里自然是快活非常，急快将那秘密东西，收拾好，仍旧由原路出去。

到了后面园里，寻了半天，哪里有小亭的影子？心想不是好兆，倘然小亭被他们用奸计，打入圈套，那便怎了？正在心惊胆战，忽见屋上飞下一个人来，急忙招架准备。

只听那人道："是吾！"

罗侦探道："小亭么？"

回称"正是"，罗侦探便问道："你往哪里去了来？"

小亭道："就在近处传电话到县里，招呼他们立刻派人来，此时差不多就要到了。"

罗侦探道："你怎样知道吾已经成功了呢？"

小亭道："吾为等了你多时，不见出来，心下很不放心，便挨进了门。到书房门口，正想开门，忽然听得你里面一声响，吾便猜到九分，是已经查出了，急忙退出……"

罗侦探道："小亭你也太大胆了，要是那时吾不成功，便怎样呢？"

小亭道："你又来了！可叹世上的聪明人，往往臆度他人，多是茅塞做的肚子，不值一文。不料你也有这种恶根性，你在书房多时，难道没有查出要件，还在玩耍不成？"

罗侦探道："敬承雅教！以后还望你随时提醒，以补吾过。"

第十三章 破案

却说黄顺利自送出罗侦探等去后，同一班朋友，回进客座，心中闷闷不乐，要想再去查究洋伞的下落，又恐扫了那一班赌友的兴。想了一会，或者因为吾往常恐怕被人盗去，不时地将此物搬来搬去，昨晚带醉回家，似乎也曾动过，那时或将此物藏在箱中，也是意中之事。此刻切不可大惊小怪，反起他人之疑。况且还有一说，吾那件家伙的用度，就是仙人也猜不出，还怕人家看破机关么？即使中国果然出了福尔摩斯一般本领的侦探，被他看破机关，难道就有隐眼法的神通，到吾这里来偷去不成？方才至于疑到那车站上的两个无关紧要的人，正是杯弓蛇影，自欺自骗，岂不可笑？想到这里，便打定主意，决计要待客人去后再寻。

想完，便走到方桌前，坐下，问道："哪个要看牌？快坐下来！"

高继常手里正拿着一张报，坐在风琴旁边，咿咿唔唔地读上谕①，听说要看牌，急忙丢了报过来，不声不响地坐了下去。接着那没辫子的林君、黄头发的张君，都团团坐下。

---

① 上谕：即诏书。

掷过骰子，依次分位而坐，黄顺利是庄家，洗完了牌，接到手里一看，却是一副天和，喜得他手舞足蹈，将洋伞的事，付诸九霄云外。接着打了几副，都很得手。

此时自己身边的打簧表①，"叮叮叮叮"地报了十二下，忽然听得有人叩门，一下一下地，打得震天价响，忙唤小厮，不见答应。

不多时，只听得"拿人拿人"的一片声响，大门已是打破。

各人道："是捉赌！""噗噗噗"把几盏洋灯，一时尽行吹熄。

高继常兀自恃着官派，挺身出座道："有吾有吾，不妨事的！呼他们进来两个，拿张片子去，就是了！"说着，大踏步走去，不提防前面设着一张茶几，却却撞了一个正着，唿啷啷把茶几上的茶碗、水果、碟子，都掀下地去，双足失力，"扑通"一跤，倒在房门口。

那没辫子的林君道："什么事？什……什么事？"才要黑暗里去扶他，便听他"啊唷"一声，已经被一个人，拖了出去。

一霎时，几盏灯笼，簇拥进房。只见四五个戴红缨帽的人，逢人便拿，见物便抢，内中两位捕快马快手快眼快，见桌上堆着许多大小洋钱、铜角，便不管三七二十一，一窝儿塞入自己的无底囊中，然后呼幺喝六地，问伙计们道："贼人拿齐了么？"

一个道："只少首犯一个，至今没有看见！"

那抢钱的道："快拿快拿！放走了，不答应的！"

话犹未了，只听得楼上"乓乓乓"一阵声响，接着又见一个人，

---

① 打簧表：怀表的一种，又称"问表"，能按时发出声响，或按推杆使它报出时间，便于夜间或盲人使用。旧时进口的打簧表，大都是金壳，颇为贵重。

第十三章　破案

第一案

从楼梯上连滚带跑地逃将下来。

一众差役哄上去，在梯前将他团团围住，一看，正是黄顺利，肩窝里鲜血直流，双目紧闭。

各人正想动手，将他擒住。岂知他忽然睁开眼睛，咬紧牙关，一翻身从地上跳起六尺多高，随手向四面一推，把三个差役打倒，他便跳出圈子，向门外逃走。

一伙人赶到后面小天井里，只见他右手一扬，火星迸裂，各人退避不及。

说时迟，那时快。忽然从厨房里飞出一条黑影，直到黄顺利身边，将他手一托，那枪子呼呼地向墙外去了。

只见黄顺利一个箭步，向旁一闪，又是一枪发出。那黑影中的人，回手不及，滚下地去。众人正慌得着忙，怕他再向门里放枪，便想反身躲避。

却见那黄顺利也是一跤倒在泥水浆里，只听他喊了"啊呀呀"几声，那黑影早已在他身边，将他擒住，高声说道："你们快出来！与吾捆了这厮！"

众人便奏凯歌似的蜂拥而出，将黄顺利用铁链锁好，方看那黑影中的好汉，却已不知去向。各人忙将黄顺利扛进屋里，听候罗侦探发落。

此时罗侦探正在书房里，收拾诸项证据，见凶手已经拿住，便问小亭在哪里。

只听小亭在隔壁里答应一声，走了过来，向罗侦探道："吾才换了一套衣服，什么事？"

第十三章 破案

罗侦探道:"擒获凶手,全是你的功劳,你也辛苦了!吾们暂时回寓吧!凶手可着他们带回衙门,让他们也报功,吾们也不屑与他们争些儿。"

小亭道:"那个自然!难道吾们这几天殚精竭力,多为渔利起见么?"

罗侦探道:"正合吾意!如此叫他们立刻带去吧!"

小亭点头,便走出书房,招呼一众差役人等:"将黄顺利带回衙门去!这里须留两名亲兵看守,一概物件,不准擅动!其余被拘的几个人,也一起带回去,听凭你家老爷发落,不得有误!"

各人听了,诺诺连声,呼幺喝六地出去。

可怜那没辫子的林君,同着一起不相干的人,都被一伙如狼似虎的差役,拖辫拽耳地牵了出去。

内中最可怜的,却是那位耍官派的高继常,自从那时一跤栽下地去,便破题儿①似的,第一个捉住。一时任你说得天花乱坠,什么"拿片子给你太老爷请安"咧,什么"丢了吾的面子,回来不答应"咧,无奈那些差役,只当他是发疯病、说梦话,不由分说,把他当作匪党看待,一时也不辨玉石,将客房里的五个人,以及楼上那位黑甜乡②中游历回来的小厮,拖拖拽拽地押出店门。

后面两个捕快,赶着首犯黄顺利,一路向县里去。此时雨已住点,路上也自然无事,不必多说。

---

① 唐宋人诗赋及明清八股文的起首,用一两句话剖析题义,称为"破题"。
② 黑甜乡:梦乡,形容酣睡。

这里店内那派来侍候的吴大爷，预备了两乘轿子，送二位侦探回寓。到了李公馆门前，早有一个管家凑着轿前说道："大人请二位爷进去谈天。"

罗侦探答应，便出了轿，同小亭二人走进去。

到了花厅，只见花厅上点着两盏气油灯，照得比白昼还亮。四面摆设精雅，布置得宜。东首炕几上，摆着大自鸣钟，钟下两个金制小人，对面跳舞。霎时间，那钟"叮叮咚咚"地响起来，那声音正与风琴相似。

二人才从烦恼境中出来，听了这种声音，更觉怡心娱耳，畅快非常。

只见李公子已跳了出来，满面笑容，到了二位侦探面前便如见了活菩萨一般，纳头便拜。

罗侦探道："这是从哪里说起呀？快起来，快起来！"

小亭也帮着扶了他起来，便听得一阵咳嗽声音，李老已踱进花厅，向罗侦探道谢道："老夫膝下只此一个豚儿①，日常在外生事招非，此番若非先生大力，便不免要声名狼藉。先生之恩，非但惠及小儿，即老夫亦与有幸焉！"

罗侦探道："岂敢岂敢？探微索隐，正吾辈侦探的分内事，此时水落石出，不妨将案中颠末，为老丈一述，老丈尚不厌烦否？"

李老道："当得洗耳恭听，借此也可稍破茅塞！"

---

① 豚儿：对人谦称自己的儿子。

第十三章 破案

罗侦探道:"吾到此第一日,便隐形潜至阔巷中,踏勘彼处情形。奈事主之屋,层层封锁,无由得入。见对面有一高墩,据小亭说,此处当时公子晚间,在此发现黑影,吾便走上高墩,侥幸一时,被吾查出足迹、洋伞印等几样证据。吾便描图带回,潜心推想,已得行凶的大概,当晚验尸后,便觉凿凿可据……"

说到这里,忽然家人王升来禀道:"县里传电话请示!"

李老道:"想来一定为这案子的事情,吾不耐烦多走。"便问公子道,"你就用这里那只箱子打去,问他什么事。"

李公子便走到炕床旁边,摇了铃,不一时线已接好,便问是谁。

电话道:"是施某,请问你是谁?"

公子道:"吾是李某,什么事?"

电话道:"为黄顺利的事。卑县已问过一堂,据供称假造银票、谋杀胞弟是实。问他为何作此不法之事,回称:'官府好赌,皇皇然各省开着公司,说甚助赈济灾,不过是敷衍的话。至于官钱局①的票子,只是乱填虚票,并无实在的资本,吾难道做不得么?'种种狂悖的话,不一而足。天幸将他送入法网之中,全仗罗侦探的大力,请代言致谢!明日还须登门聆教呢!明日会吧!"

说罢,李公子便将说话告诉罗侦探。

罗侦探道:"惭愧之至!吾哪里捉得住此人?这全是费君的力,教施某去谢他吧!"

---

① 官钱局:即"官钱铺",亦称"官银号"。清政府官立的金融机构。

第十三章 破案

李老道:"不错!你们二位捉贼时,是怎样的情形?也可讲些出来听听么?"

罗侦探道:"当时公差从前门来,吾便托小亭看守后园,以便接应。吾才进门,便见那贼从赌窝里逃出,三脚两步,跳上了楼。吾也跟着上楼,岂知贼人足快,到了卧室,便将房门倒锁。吾怕他自尽,便一脚踢开门,他便向吾一枪放来。吾才躲过,第二枪又到,那时几遭毒手,幸亏从右耳擦过只伤了些浮皮。那时吾不得已,只好也回敬了他一枪,正中肩窝,只奈他身体强壮,还能负伤逃走,跳下楼去,果然不出吾所料,向后园而逃。吾想这种用武的事,小亭比吾强得多,便一心把他交在小亭手里,果然一战成功。其实一半是侥幸罢了!"

李老道:"罗君正是当世的英雄,吾想从此奸人也可潜迹了。罗君的恩惠,岂但吾一家受之?天下人无不共受之!"

于是诸人作别,罗探与小亭出了李公馆的门,向小亭道:"吾查这件案子,一半是为你解疑,其实如令内弟这种阔少,正是咎由自取,祸由自招,吾也何必为他出力呢?"

小亭道:"不然!吾那内弟,现在已决计求学,不作旧恶了!"

罗探道:"然则吾们此次查案的影响,就在这里,也不负走这一遭也!"

第二案

神探薩師福第二案

第一章 探故

南風亭長著

一日清晨薩師福室中托著一杯牛乳且走且嚼走至辦事室門口點定位見室內一人坐在安樂椅上手托著一枝香一手拿著一箇小玻璃瓶向嘴邊那一邊吸那一邊起意此人誰別說小亭時走過他的身邊他的牛乳將倒在地下也毫無不動的樣子薩師福見他這情形也不驚擾他便一聲不響走到書桌邊的寫字檯上拿起一本金精裝的書翻了一本小冊子的書揭開便倚在窗外椅子上看。再把小坡璃瓶取了一個出來拿漆在小亭的鼻下給他嗅口中喃喃道小亭此時正在夢境中忽為一驚驀地而起面如灰色三脚兩步沒命的迷出書房外不覺三七二十一倒身將他這一驚嚇將此運氣。他遂一驚嚇將此運氣。室內的離奇甚形將枝香來便將床香淚他的雞音喚唳。再走出來桌有小亭的身影好像是有甚麼東西安叶驚慌了半時說道去探瀕薩師福眼快不覺好多時親見他的蹤影在小亭柳口豪樣工裝的緩洪竟了(未完)

環球社圖畫日報第八十三號第五頁

第一章 探谈

一日清晨，费小亭披衣下楼，进办事室，手中托着一杯牛乳，且走且喝。

走至办事室门口站定，但见室内一人，坐在安乐椅上，一手执着一枝香，一手托着一个小玻璃瓶，忽而嗅香，忽而嗅瓶。那一种光景，就如猎犬嗅兽迹一般。

别说小亭的足声，震不动他的耳鼓，就是椅边上一本金绣皮面的小书，掉在地下，也激不起他的眼帘。

小亭知道那人的性情，不敢惊动，走到窗口自己的写字桌前坐下，看窗外簌簌的雨点，直如乱箭一般，想来今天，断难望晴的了，不免纳闷，随手在桌边，取了一本小册子似的书，揭开便读。读了一袋烟的工夫，忽然拍案怒呼道："好一个南风亭长，竟敢将吾玩起来了么？"

岂知这一声喊，早惊醒了安乐椅上的那位大侦探家罗师福君，蓦然间站将起来，一见小亭，失声道："啊呀！小亭，快出去！快出去！险！险！险！"

小亭此时，正觉头浑脑晕，几乎支持不住，忽被罗侦探，也还敬了他这一惊，吓得面如灰色，三脚两步，没命地避出书房外，见门前有椅子，也不管三七二十一，倒身倚下。

室内的罗侦探，忙将那枝香熄了，再把那小玻璃瓶取了，走出来，凑着小亭的鼻下给他嗅，口中喃喃道："毒尚不深，快嗅！快嗅！"

小亭怒目视罗侦探，埋怨道："既是有毒，尚要叫吾嗅么？"一手就想去抢瓶。

罗侦探眼快，便不管好歹，将瓶里的药，直泼在小亭胸口衣襟上。

小亭怒不可遏，大骂道："你这忘恩负义的贱奴，也敢谋死吾么？"

罗探不言，只用手指作势，叫他坐下，那小亭便如受了催眠术似的，一声不响地坐下了。坐了好一会，才站起来，和颜悦色地向罗探道："你说的什么险？"又道："呀！吾什么时候走出来的呀？"

罗探招手，邀他到办事室对面的一间客座里来，小亭跟着来了，罗探道："小亭恕罪！是吾一时鲁莽，此时清爽了么？"

小亭听他告罪的话，竟是一句不懂。

罗探笑嘻嘻地，又走到办事室，将几扇玻璃窗统通开了，复将堕在地下的一本书拾起，送过来给小亭看。

小亭一看，书面上写着"杀人术"，著者乃是俄国莫斯科警长，克拉夫氏。书中载着各种自杀、暗杀、谋杀、毒杀、意杀、言杀之术，真是无奇不有，无恶不备，伤上天好生之德，背众生恶死之心，不觉掷书叹道："此书一出，岂不大伤天理人情么？你从哪里得来的？"

罗探莞尔而答道："是著者送给吾的。此书已译成各国文字，专赠各国著名有德有识的侦探的。中国人中，可怜只有吾一人，蒙他赠这一本。此书并不出售，所以你说大伤天理人情的一席话，都可一笔勾销。你看著成此书，不知费多少脑汁，耗多少光阴，才把古往今来，

种种的孽案,搜集拢来,汇成一册,作吾辈探奇案的宝筏①,此功真是不小!

"大凡著书的,只须铸鼎象奸②,不可讳疾忌医,但只留心看书的究竟是何等样人,方可按症投药。就如你桌上的那本环球社《图画日报》③,那小说著者南风亭长,竟将吾二人日前在苏州访假票的故事,描画出来,倘然被那不近人情的三家村④老学究见了,必然要说他诲奸导恶。岂知非但不然,这书尚能使善者壮胆,恶者寒心。此吾师福尔摩斯君之所以重华生也,你意下以为何如?"

小亭诧异道:"你如此颂扬南风亭长,那南风亭长,究竟是谁?他怎样会知道吾二人的心事密谈呢?"

罗探笑而不答,良久,方言道:"你要晓得你方才发疯的缘故么?"

小亭急问道:"怪了!吾什么时候发疯的?"

罗探便将方才的情景,告诉了他。原来小亭彼时,失了知觉,并不知道自己怎样出房,怎样谩骂,听了此言,便问所以。

罗探道:"方才那香,乃是中古罗马时,革命党人,用以暗杀的。此物为金类中最毒之质,嗅之顷刻立毙,原是照那《杀人术》书上,如法炮制的。制好了,吾便将吾新发明的乌罗林化毒水,试验,究竟

---

① 宝筏:泛指能解人迷惑的思想、学说或工具。
② 铸鼎象奸:相传古时夏禹曾让九州的长官进贡青铜,铸造九鼎,并把各种妖魔神怪的形象铸于鼎上,使百姓知其形状,加以防备,收到很好的效果。
③《图画日报》:中国近代史上著名的日刊画报,上海环球社印行,1909年8月16日创刊,每日一刊,至1910年8月停刊,共发行404期。该刊旨在"开通社会风气,增长国民知识",刊内图文并茂,载有引人警醒、动人感官的社会小说和侦探小说等内容。
④ 三家村:偏僻的小乡村。

抵得过抵不过那毒气,一试,果然乌罗林力大。你当时所以未受大伤者,皆因乌罗林与烟抵住之故。但是燥气行得快,湿气行得迟,以致一时失了知觉。小亭你下次见吾在办事室试验时,切记留心才好!"

小亭诺诺连声,二人随即出了客座,回到办事室来,各人记了昨日的日记。

忽然小亭搁笔,问罗侦探道:"你昨晚看见门前那绿色灯的异样马车么?"

罗探久已将日记记毕,正想敲火柴抽烟,骤闻此言,似乎触动心事,便道:"见是见的,怎么了?"

小亭道:"说来奇怪,吾昨晚陪一个至亲到巴利旅馆吃饭,到了吾便匆匆回来。走到将近跑马场拐弯的地方,忽见对面一辆马车,如飞而来。车前一对电灯,直如毒蛇眼一般,刺得吾眼珠作痛。吾转弯时,那车也转弯了,正是与吾同路,也不足为奇。不料霎时间那棺材一般,四面不通风的车中,忽然揭开小帘,露出一张比雪还白的鹅蛋脸儿来,虽则当时车快月暗,看不清那艳如桃李凛若冰霜的模样儿,然而秋波流慧,蛾眉传情,已能使吾梦寐系之⋯⋯"说毕,便闭着眼出神追想起来。

罗探听得正到兴高采烈之时,忽而中止,忙问道:"小亭怎样了?被秋波勾了魂去么?后来那车子究竟向哪里去的呢?"

小亭道:"后来吾便也置之度外。"

罗接口道:"不见得吧?"

小亭道:"吾便举首看跑马场边的大自鸣钟,一看,那长针正指在七点钟上,'当当'地敲起来了。料你必定先到家了,便急急地回来。不料走近弄口,又见那怪车却却地正停在吾们弄口。吾便缩住了脚,在隔壁第二弄口站定。不多一刻,便见一个小马夫,外套遮过了半脸,鬼鬼祟祟地,从对面马德里第三弄里出来。走到车前,立了片刻,那车便调转头来,风驰电卷般去了。"

罗问道:"你见他向车中人说话么?"

小亭道:"并未开口!只见他一手倚在车边上,一翻身,便跳上座儿,赶车去了。"

罗探道:"奇怪!你看时却是佳人,吾看时便如厉鬼,真是蹊跷!"

小亭忙问:"怎么见得是厉鬼?"

罗道:"昨晚吾不是告诉你到佑律师处去的么?谈得长久,回来,也太迟了。正在你见车子来的所在,我却眼送他去。只见窗里一个红发绿眼的,好似印度人,满面胡髭,两只眼睛,正与他车前的电灯,不相上下。"

小亭摇头道:"不对!你看错了,决不会丑鬼与美人同车的。倘是你没有看错,那一定另是一乘车了。"

罗道:"不管他是不是,就只你见的那乘车,也很奇怪!你说那车子停在吾们弄口,那小马夫却从马德里三弄出来。马德里三弄里面,只有那毕公馆一家,他家里除了那毕买办之外,只有他儿子,也不常出外应酬,决不至于有女人来找他父子中一人的。即使关着外交问题,也不至于从跑马场西面来的。至于内眷们,那老儿是鳏了,不必说,他媳妇[1]自从今春聘来后,等闲从没见她出过门的。就使是他女友,更

---

[1] 这里指仆妇。

何必这样鬼鬼祟祟的,车子也不敢靠在弄口呢?这不是件怪事么?"

小亭道:"那车子且不去管它是长是短,吾们且讲那毕公馆吧!那毕买办究竟不知心术怎样的,时常见,有些和尚,直出直进,龙华寺修殿咧,五台山装佛咧,成日家闹个不清。及至各处水灾旱荒劝赈,便是唱戏的优伶,还知周济的,他却一个铜子也不花,整日整晚,花天酒地地糜费,可就不计较了。而且训子无方,好好的儿子,去年在圣彼得大学堂读书,听说今年给他完了婚,硬不准他再念,不知是什么意思。"

罗探接着道:"他儿子的历史,以及他父亲禁止读书的原因,吾倒打听得清清楚楚了,都是为这一个'情'字,但是此刻,也不必谈它,免伤忠厚。吾往常老是这样说,若说'莫管他家瓦上霜'这句老话儿,吾们做侦探的,果然万万不能遵守的了,只是当管则管,不当管便不管。吾们的目的,第一是保全他人的名誉,第二才是剖白人家的冤枉。不然那侦探案件的道儿,正多得很,他们衙门里的三班衙役,哪一个强盗,他们不晓得履历?哪一个偷儿,他们不晓得行藏?请他们查案,有时凑巧,仗着铜棍铁链的威势,比吾们查案,正要快出几倍。吾们与他们比起来,只有一个区别,就是吾们顾全人家的名誉,他们却带着'有财便行,无钱不休'的官样脸儿,谄富骄贫,扶强抑弱。这便与吾们大不相同了。"

小亭道:"你也何苦自甘与吏役比例呢?有人敲门,吾去开来。"说毕,便去开门。

门启处,走进一个马夫似打扮的人,手里托着一卷纸,顺手抽出一张,递与小亭,便回头去了。

第一章 探谈

第二案 | 129

小亭急急走进屋来一看,只见上面写着"马德里三弄,毕剑秋大人,于十月十二日子刻病故……"字样。

这一张报丧条倒把两位侦探惊得非同小可。

小亭便向罗侦探道:"正是无巧不成话!怎么吾们正说到他,他就死了?奇怪!奇怪!吾昨天午饭后,还见他昂然地坐在马车里呢,可又是什么急症死了不成?"

罗侦探低着头,一声儿也不响。

接着门前的铃又响了,小亭忙又出去,开来一看,认得是毕公馆里的管家,手里拿着一封信,道是要罗老爷亲拆的。小亭便领了那管家进来,叫他坐在中间客堂,自己捧了那信,进办事室,给罗侦探看。

罗侦探看了一看那信的封面,便道:"吾已经知道了。"便唤道:"管家你先走一步,吾好歹就有回音给你主人的。"

那管家听说,便打着洋伞去了。

这里罗侦探,剪开了信封,取出信来一看,却只"千万速降!有要事面恳!"两句话。看毕,便向小亭吐吐舌头道:"不是好兆!"

说罢,便站起身来,提起桌旁那乾坤宝袋,取出一套黑呢袍子马褂。

不到一分钟,早连假辫都戴好了,装束妥当,便将第一案里所说的,黄顺利的那把洋伞,打了,别小亭而去。

第二章　怪毙

却说罗侦探出了门,一直进了马德里,刚到毕公馆门口,便闻着一种怪臭,想来一定是里面烧死人用的衣服。踏进了门,不见人影,便站着等候,从身边掏出一个小瓶,开瓶一嗅,可以少解臭气。

忽见一个小家人,从里面走出来,见了他便反身跑进去了。罗探无奈,心想人家死了人,难怪他七忙八乱,又不好高声叫唤,只得挨着老腿,等了五分钟的工夫。

忽又见方才的小家人走出来,请他进去,又凑着他耳朵道:"少爷说,今天方寸已乱,不免简慢,请你老不要生气!"

罗探点头,跟着他便走,不到两步,走过账房门前。只见里面,对门坐着一位老者,年纪大约五十开外,鼻上架着一副康熙年制的玳瑁边老花大眼镜儿,两个眼珠子,竟比胡菽还小,不住地盯在罗侦探脸上。

原来此人,就是这毕府的账房。罗侦探也素知此人,是个巨奸大猾,原是毕老儿的舅爷,平日专一打小算盘,在小人面上刮皮。往往账房老爷,与车夫争车钱,"混账王八"地,直骂到马路上。因为他姓黄,所以邻舍人家,送他一个绰号,叫作"浑账房"(沪音房与黄同)。

有一次那浑账房,不知怎么,正在弄口,同几个狐朋狗友,高谈阔论,大骂罗侦探,说他跟洋鬼子一样的打扮,好似个猴子,还不如那流氓头包打听①,倒是扬扬气壮,不失为好汉子。

瞥眼见罗侦探正从他弄口走过,他便不敢声响,倒也罢了,只是他贼胆心虚,常常怀着鬼胎,深恐罗侦探报复,所以此时,老羞成怒,一眼不霎地对罗侦探瞪着。

罗侦探大度洪量,何尝介意?不过心里记着此人奸猾,此时也不免向他狠狠地看了几眼,也就走了。

拐过一个弯,就是大厅,厅上置着两个破铁锅,锅里纸锭②灰,余焰未尽,送出一种恶味。幸亏罗侦探嗅了解臭药水,不曾伤他肺管。

一直从大厅左傍偏门进去,便是楼梯,楼梯上面,站着一位少年,两肩披着头发,皱着眉头,呜呜咽咽地操英语,向罗侦探道:"罗师福君,早安!有扰清梦,尚望恕罪!"

罗探答道:"理当分忧,不足挂齿!"

于是二人携手同行,拐弯抹角进去。那屋中的如何华丽,如何雕画,说书的只有一枝笔,在此紧要关头,也不及细说。

且说二人,走到毕买办的卧室,毕公子便领着罗侦探进去,口里说道:"此乃先君③易箦④之处,本不敢屈尊……"

罗接口道:"叨在知交,不必过谦!"

---

① 包打听:指好打听消息或知道消息多的人。
② 纸锭:用锡箔糊制成银锭状的冥钱。迷信认为焚化给死者,可供其当钱用。
③ 先君:已故的父亲。
④ 箦,竹席。易箦典出《礼记·檀弓上》,说曾子临终时,因席褥为季孙所赐,自己未尝为大夫,而使用大夫所用的席褥,不合礼制,所以命人换席,勉强扶持更换后,返席还没躺好就死了。后遂比喻人之将死。

公子便请罗探在窗口椅上坐地,自己也陪着对面坐了,道:"今日冒昧请君来,非为别事,实因家中出一可怖可疑之事。非得先生大力,无以解此疑团。素仰仁怀,想必能蒙金诺。"接着又交头接耳,唧唧哝哝了几句。

罗探坐下后,便四面打量,只见朝南一排六扇明瓦窗,窗上嵌着五色玻璃,以致室中黑暗非常。对着窗挂着宝蓝熟罗帐幔,幔内点着两盏煤气灯,灯下一排红木玻璃衣柜。最后便是一张宁波式红木大床,床口设着一个铜磬子,一个小丫头坐在地下,带哭带念经地,在那里敲磬,敲一下便丢一个小铜钱在磬子里。

这个玩意儿,据老佛婆①说,是接引死人的魂,到西方极乐世界的。那铜磬子响一响,黄泉路上就会亮一亮。这样说法,究竟是亮不亮,那却没处考究的了。

还有一种怪象,是在帐子里边,安置一盏破铁灯,灯光是昏昏沉沉,又不知是什么故事。

在那铜磬子、破铁灯之间,直挺挺地躺着一位"黄泉路上探险家"!什么?是个死人!

罗探似未听见,便所答非所问道:"验是要仔细验的。"

公子道:"但是不可动手开刀呢!"

罗侦探道:"昨夜是什么时候回来的?"

公子道:"大约是十二点半钟。我们已经睡了,只有楼下账房里面

---

① 佛婆:指尼姑庵中的老年女仆。

家母舅,同那几个下人,还有弄口楼上,那个看门的,他们没睡。"

罗探道:"令尊是从哪里回来的呢?"

公子道:"听马夫说,昨天夜里,是到丹桂①看英国大力士韦烈息士,看得非常得意,座中还有两个外国朋友。临出戏园门的时候,还约他们今天到张园②,看力阻电车呢!就是回来,同家母舅吵了几句嘴,那个亦是常有的事。"

罗探接着问道:"怎么是吵嘴么?"

公子道:"家母舅说,并没吵嘴,小丫鬟又记不清楚。究竟吵嘴没有,却不明白。"

罗道:"不如竟叫丫鬟来,问个明白。"

于是公子便唤了一声"春梅",那敲磬子小丫鬟应声走来。罗探看她相貌俊秀,从两只眼睛里显出是聪明人物。罗暗自思道:"惭愧!送进了学堂,不是个好好的女学生么?"

于是罗侦探问小丫鬟道:"昨晚主人回家时,是一个人独自上楼的么?"

---

① 丹桂:即"丹桂茶园",由浙江定海人刘维忠于清同治六年(1867年)夏,在宝善街大新街口(广东路近湖北路)投资兴建,并于该年冬正式开业,是清末上海最大、存续时间最长、前后变化最复杂的京剧戏园。
② 张园:"张氏味莼园"的简称,坐落于上海静安寺路(今南京西路)、慕尔鸣路(今茂名北路)、麦特赫司脱路(今泰兴路)之间,乃晚清沪上第一名园,亦是近代第一批向普通民众开放的私家园林之一。从1885年4月17日开园直至1918年1月闭园出售,历经多次扩建改造,不仅成为当时最著名的集娱乐、休闲、集会于一体的社交场所,更见证了清末民初改朝换代之际上海这座新兴港口城市的急速蜕变。详见《张园——清末民初上海的社会沙龙》《风华张园》《张园传奇》(张伟等执笔,同济大学出版社,2013年8月),后文对"品物陈列所""安坻第""出品协赞会"的注释内容均来自上列书目。

丫鬟道:"不是!与黄师爷同上楼的,先到隔壁签押房①里,同黄师爷算账,约有半个钟头。"

罗问:"算账时,你在签押房里么?"

丫鬟道:"吾在签押房煮咖啡。"

又问:"当时黄师爷,是不是与你主人对坐的?"

答:"是的。"

又问:"吵嘴时,黄师爷可说什么话?"

答:"起初说话,声音甚低,吾也不留心。后来渐渐高起来,便听得黄师爷说:'又不是吾叫他跑的,与吾什么相干?'主人便发怒道:'他来时不是你一力保荐的么?怎么说没关系呢?'黄师爷也怒道:'用人之权,操之于你。你既说当时就看出他不是好人,何不早辞了他呢?'主人听了,便大发雷霆,把账簿都丢在地下。黄师爷便直挺挺地去了,走到签押房门外,便对主人道:'就此告辞,不要后悔!'主人忽然变过脸来道:'有话好讲呢!何必如此决裂?'说着便自己去拾起地下的账簿,又往外一指,叫吾去追黄师爷。吾刚走到房门口,黄师爷也回来了,嘴里咕噜道:'你主子性儿,也使得太过分了。吓!'吾想主人听了这话,一定还要生气,岂知掉头一看,主人已是站了起来,开书架上摆的自鸣钟,口里只说:'春梅,你去睡觉吧!吾今晚提起了肝火,只怕睡不成觉,不能再喝咖啡了!你快去睡吧!'咳!这几句便是吾最后听见主人说的话了。"说罢,珠泪滚滚,咿咿唔唔地哭起

---

① 签押房:旧时官府中主管长官的办公室。

来了。

罗探听了，面带忧容，向公子道："枝节多着呢！"公子正要答时，罗探已复问丫鬟道："后来黄师爷什么时候下楼的，你可知道么？"

丫鬟道："吾睡到约莫两点多钟的时候，就听得'砰'一声，把吾惊醒。想来那声响，便是黄师爷下去，主人自己关门的声音。"

罗探问："后来便没甚声息么？"

丫鬟道："后来吾便睡着，也不听得有甚声音。"

罗探道："今天清早，你见主人在哪里？"

答："在这床上。"

问："你什么时候开这门的？"

答："六点钟。"

问："进房时曾见有何异象？"

答："进房时，鼻中触着一种臭味，好像自来火灯管中，发出来的。吾当时觉得气闷得很，便丢了扫帚等物在房里，走出去透透气。"

问："当时有别人同到房里么？"

答："没有，主人房里，都归吾一人收拾的。"

问："当时床前怎样的铺置？"

答："床前椅子上，主人自己的衣服，照吾天天进房时一样，自己折得整整齐齐。帐子两面都下着，并没有什么变象。"

问："何时方知主人已死？见主人怎样地睡着？"

答："将近到七点钟时，吾因主人往常起来得甚早，不论晚上什么时候睡，到此时早已起来了，便到床前叫了几声，终不见答应。后来揭开帐子一看，被窝儿裹得很好的，只是没有气息了。此刻还是这样

地睡着,连被窝儿都没有动过呢。"

罗探听说,便问公子道:"谁教不动被窝的?"

公子道:"是吾的主意,因为要待你一看,或者易于着手些。"

罗道:"好极!好极!果然易于着手些。现在且到床前一看。"说罢,便与公子同到床前。

先看了折好的衣服,果然整齐,即此便显得死者是个心细的人;又到床头,看被窝里外两面裹得很紧,死者面带一种,似笑非笑、似怒非怒之色,面部也并无伤痕。

罗探眉头一皱,忽而计从心来,屈膝蹲在地上,用指去挑被窝折进处,也不见什么,复又站起来道:"是了!是了!"说罢便绕到床背后,重复蹲了下去,仍旧用一指去挑被窝,忽然将被窝一边揭开,便露出死者一只手来。

毕公子站在一旁,看他查验得奇怪,正看得呆了,忽然见他揭开死人的手来,真是莫名其妙。忽然见罗侦探指着那手道:"这东西往哪里去了?"这一惊,早把魂灵儿招回来了,顿口结舌,一时也说不出话来,既而问道:"罗君,你怎样会知道这件东西呢?"

罗探此时,已将被窝照旧盖好,直向窗口走来,口里说道:"吾怎么会不知道?不瞒你说,大凡宝贵珍奇的东西,一入侦探之眼,便永世地不会忘记了。贼眼也差不多,也有此能力。不过他眼中尚多一种吸力,一不仔细,便要被他吸力吸将去,那就生出许多事来了。至于你令尊手指的那东西,此物的历史,吾都背得出来:此物产于美洲,十六世纪时,为西班牙皇所得;后来西班牙皇,送与英女皇爱立赛泼①；女皇去世之后，此物便与玉玺并传；直至十九世纪，法皇雄踞全球，此物便被拿破仑索去；拿死后，此物便不知去向……后来听说在中国皇宫里，不知怎样，有一日却巧见令尊坐在马车里，一手攀在窗上，吾便一眼看见此物，也算得是一种眼福。但是据吾看来，令尊得此宝物，也尚未久，至多不过两个月。"

公子惊道："怪了！怎么见得不过两个月呢？"

罗探道："咦，戒指戴得久了，皮肤上不要起痕么？令尊手指上，有一痕很深而细，边上一痕浅而阔。吾前次看见时，他不时地将那戒指抹擦，吾因此知道他是新得此物。照此推究去，那浅而阔的，必定是新痕；那深而细的，至少也须戴十几年戒指，方能留这点成绩。此痕要它退去，至少也得一年半载，这不过是就理势……呀！这是谁的声音呀？"

话犹未了，公子早听得房外，有皮鞋脚响中带着笑声，不胜诧异，忙走到房门前一看，却见两个人正向房中走来。

---

① 爱立赛泼：这里应指都铎王朝的最后一位英格兰及爱尔兰女王——伊丽莎白一世（Elizabeth I, 1533—1603）。

第三章 舌战

原来来者并非别人，便是适才交代过的黄师爷，后面却随着一位碧眼、紫髯、朱鼻、乌颊的大汉。

那人一眼看见罗侦探，便哈哈地笑道："早安呀，罗师福君！你又在这里查什么奇案了？吾在《泰晤士报》①上，见你老在苏州查破假票之案，你的手段，简直比敝国的福尔摩斯还强多呢！"

罗侦探一见是警长福尔登君，心中早已明白他的来意，又听他用夸奖话来取笑他，便不由得激起怒来，自思道："任你是哪一国人，须知中国官好欺，唯有吾罗某却是不好欺的。"忽又想道："当时休洛克·福尔摩斯探案时，遇着的几位警长，都是英国人对英国人，只有忌功之心；现在他与吾，却有异族之心，何况吾祖国国势不振，就便朝廷命官，也都不敢与外国人计较，以致外交，在在失着②。"想到这里，免不得几滴英雄泪，骨碌碌地滚向心窝里去了，便自勉自励道："任你如何强权，吾终凭着公理行事！"想到这里，便答道："吾虽不敢自比福尔摩斯君，只是放弃自己的责任，辜负他人的信任，那也非吾

---

① 这里应指在上海出版的英文报纸《上海泰晤士报》。
② 在在失着：处处失策。

所敢的。"

福尔登听了,哈哈大笑道:"榖旦姆①(原意谓上帝将使汝恶人入地狱,今英美莽汉,多用作语助词)!中国人专喜说体面话,其实口诵仁义,心怀盗贼,不道你赫赫有名的罗师福君,也免不了这恶习。"

罗侦探不顾,回头向毕公子道:"这位可是令母舅么?"言时,双目直视那位"浑账房"黄师爷,眼光中发出一种正气,就如小说家说的剑仙口里吐的剑一般,直钻到黄师爷胸里,把他那奸邪诡谲的心,绞了几绞,不由得那麻木不仁的老脸皮,微微地红出来,勉强除了眼镜,向罗侦探恭恭敬敬地呼了呼腰。

福尔登冷眼看着,也现不悦之色,忙问罗侦探道:"尸验过了么?"

罗道:"验是验过了,只是究竟查不出个所以然来。"

福尔登道:"待吾来看!"说罢,身边掏出两支雪茄烟来,一支点火自己抽着,一支递给罗侦探,又大模大样地掏出一副眼镜来,夹在鼻上,走到尸首旁边,贼忒嘻嘻地教小丫鬟把死者身上盖的被窝取去,自己又脱了短袄,才从死者面上看起,看到脚上,他脸上只顾堆着笑容。看毕,又大笑,向罗侦探道:"果然没有什么可疑的凭据!罗师福君,你今番真是白辛苦了!"

罗侦探正色道:"侦探没事做,与医生没事做一样,那是再好没有的事。至于白辛苦的话,你也未必不然吧?"说罢,便拉福尔登走到房门口,低声说道:"你果然无可疑之处?吾们正事要紧,请你再休说

---

① 榖旦姆:英语 goddamn 的音译。该死的,讨厌的;受诅咒的。

第三章 舌战

玩话！"

福尔登也低声道："有是有的，只是不能说定。"

罗道："如此甚好！吾们终须和衷共济，不可存一点私心偏见。你请坐了，吾来讲给你听。"于是便将适才从丫鬟处听来的话，一五一十地讲给他听。

岂知讲到半腰里，福尔登拍一下桌子道："是了！榖旦姆！一定是煤气上死的无疑了！"说时，双眼从眼镜上面斜看罗侦探的颜色。

罗侦探问道："你看死者身上有受煤气毒的证据么？大凡受了煤气毒的，血质中多了炭气，必定发青色，就便皮肤外，都看得出的。死者身上有此证据么？"

福尔登傲然道："榖旦姆！那道理不错，不须著名侦探家说明，吾们也都懂得。只是事情有常有变，不可一概而论。老年人的血质，本来是比少年人的干枯，或者一触些须炭气，血质不及周流，即便断气，也未可知。"

罗侦探"哼"了一声道："查案检尸，哪可以'也未可知'的话塞责的？老年血枯，果是确论，然而血质周流全体，也不过二三分钟的事。煤气杀人，决不至比血行周身还快的。这个道理，凡是粗通理化及生理两种科学的，人人尽知，不期警长竟说出这种不近人情的话来。吾还有一问题，要请警长解决：这煤气还是死者用以自尽的，还是他人将来谋杀的，或者竟是那铁管，无缘无故地，要学人呼吸起来呢？"

福尔登皱眉道："榖旦姆！据你的报告，昨晚情形，似乎不像有人谋害。吾初到这里，便打听得死者开的那裕沪银行经理人，不知去向。昨日盘账，亏损二十多万，或者情急自尽，也未可知！"

罗侦探道:"这件事,只怕与这位黄君有些关系。吾听得裕沪里的经手人,就是此公荐的。"说时手指着黄师爷,又嬉皮笑面对着他细细地相。

原来黄师爷与毕公子近来不知怎么,有些瓜葛,往往是你向东吾向西地做事,方才正在账房里代公子算计,如何料理丧事,自己如何向棺材店里分利,和尚庙里折账①。想得越想越高兴,越算越起劲的当儿,却巧罗侦探从他账房门前走过,将他一团清兴,送回爪洼国去了,不由得他愈思愈恨,愈想愈愁,眼睁睁地看那著名侦探家进门,于自己的计划,不免有些阻碍,却又不敢放出他舅父的野蛮威势来,擅下逐客之令。

想来想去,只有一法,原来他看见上海人家打官司,往往原告请一位律师,被告必然也请一位律师。吾何不也请一位侦探,帮吾的忙?不怕他罗师福有天大的本领,料也奈何吾不得!况且吾请的侦探是外国人,那罗师福见了,自然不敢不服。常言道:"钱能通神。"吾何不如此如此,难道那罗师福,竟连外国人都不怕的?

主意打定,便打了个电话,去请福尔登警长,立刻就来。果然毕公馆有声有势,不到一刻,警长来到。二人商议已定,即刻上楼见罗侦探。

此时黄师爷的心里真觉千稳万妥,万不料福尔登竟尔前倨后恭,自己虽懂不得外国话,只看他一个越驳越高兴,一个越说越没神,便

---

① 折账:用实物或劳力、人口抵偿债务。

知不妙。又见罗侦探指着他说话，不由得他背脊上，冷得出起汗来。

正在那不得交代的当儿，幸亏一个小厮在房门口唤道："黄师爷，纸店里的掌柜叫来了。"

公子便问道："纸店掌柜叫来做什么？"

黄师爷道："你还不知道么？那混蛋的东西，竟将报丧条上寅时刻错了子时。"接着便向小厮道："叫你向他讨回吾写的底子来，拿来没有？"

小厮道："有！"说罢便将手里的小纸条递上。

黄师爷便指着那纸条向公子道："你看吾何尝写错呢？"

罗侦探冷眼见得快，早见那纸条上明明写着"子时"。

公子一看，也说道："是子时！"

黄师爷不信，忙将那纸条举到老花眼镜旁边仔细一看，道："咦？果然吾一时笔误！"便将那纸扯得粉碎，涨红了脸，怒冲冲地向二侦探点了点头，自去料理改正报丧条子不提。

却说福尔登待他去后，便向罗侦探道："榖旦姆！这人果然可疑！方才吾上楼时，他唠唠叨叨地说了几十个'费心'，罗师福君，你想你们贵国人说话，只当舌头打滚儿，成日家说话之中，这种无意识的废话，倒要占了大多数。你道可笑不可笑？榖旦姆！还有一层，你方才说的裕沪倒账与他有关系，请你说个明白！"

罗侦探便老实将丫鬟所说昨晚的事情，照说一遍，说罢，也仔细看福尔登的颜色。原来罗侦探是在欧美各国，千磨万炼，将面皮炼得比钢还坚，任你外界怎样地刺激，他终是不动天军，真是喜不露于齿，怒不形于目，就便小亭，这样一个聪明绝顶的人，与他相处数年，也揣摩不出他的心事来,何况他人?

福尔登却没有这能耐,你看他此时虎目圆睁,剑眉倒竖,不知不觉地说道:"这也是一时……"缩住,又道:"縠旦姆!无论怎样,吾与死者交情也很笃,也该与他伸冤雪恨!"又勉强笑问道:"罗师福君,那煤气的话儿,你想与此人有关系么?"

罗正色答道:"此刻证据毫无,哪可生生地一口咬死人?此事关系非浅,哼哼!福尔登君,你怎样会问起这个来?"说罢,推开一扇窗,假做吐痰,又向福尔登道:"可惜天雨了,不然这里必有够吾们研究的资料呢。"

福尔登诧异道:"你道有足迹么?何以见得呢?"

罗侦探便指着面前的红木桌上叫他看,福尔登用手将眼镜在鼻梁上移了一移,凝着全副精神,细看桌面。只见乌黑光亮的红木上,有一块锤形的红漆痕儿,用指爪去擦,休想擦得下。低了头,凑近鼻子一闻,便哈哈地笑道:"縠旦姆!这不是这窗外白铁屋顶上涂的红油漆么?有油气,有血气,一定是那东西,决不会错的!罗师福君,你以为这漆怎么会到这里来的?"

罗侦探道:"吾的意思,一定是有人从屋顶上下来,鞋底下带下来的。"

福尔登道:"縠旦姆!那个自然!连小孩子都知道的,何必你说?吾问你的意思,以为是谁从这窗里跳进来的?"说罢,又哧哧地冷笑。

罗侦探道:"照这脚尖痕看来,此人必非寻常的人。你看他用力,只在脚尖上,约莫一方寸的部分,其余都不着力。可见此人脚指上的劲,已有十分的功夫。粗莽丈夫,决不能如此。照吾的理想断起来,

不能断定是谁，只能断定不是谁呢！

"第一，不是漆匠。这屋顶漆了不过一二天，你用手一试便知。当时漆匠是从这窗边一直往下漆的，你看这漆有厚薄，分明一层盖着一层，下面的全盖着上面的，即此可知漆匠决计是由上漆下去的。既然如此，决不会于漆好之后，再在漆上走进窗来。你看窗对面粉墙上不是有几点红漆痕儿么？那就是漆匠搁梯的遗迹，漆匠既用梯，就决不会由这窗出入。可见这脚尖痕决不是漆匠了。

"第二，这屋子里的人，决不会爬到窗外屋顶上去。大凡家里人爬到屋面上的，只有两种人：一种是顽皮的孩子，一种是晒衣服的仆人。这宅子里，没有小孩儿，那吾早就知道的，现在要辨明果有人晒衣服否？你看这窗外，既没有钉，又没有架，哪有搁晒衣竹竿儿的地方？况且这是家主的卧室，死者生前的行为，无一不仔细，无一不小心。你看他床前的衣服，都夫夫折得整整齐齐，宅内的一切布置调度，无一不由他自主。这样的人，哪肯叫人在他卧室的窗外晒衣服的？所以这脚尖痕，吾可以决定不是这两种人。至于第三种，吾此时尚不能说定。"

福尔登听了此话，似乎一半佩服，一半不信。听完之后，直把他笑得上气不接下气，定了定神，方说道："榖旦姆！你老说了半天，方说出个不能说定是谁来，真正不愧为著名侦探家！你又说什么第三种人，你的意思，吾也知道了，何不爽爽快快地说定是外来的刺客？吾往常听得人说，中国人有什么飞檐走壁的神通，吾却只是耳闻，并未目睹。吾到贵国已经十几年了，在上海见了千千万万的凶徒恶棍，却从未见果真有一个能飞檐走壁的。这种夸谈，可谓：真正中国人的话，不足为凭的。哈哈！罗师福君，你真是高才！"

罗侦探道："吾本来没有说定是刺客，那也不必谈了。吾且问你，死者究竟是怎样致死的？"

福尔登道："縠旦姆！无须说得，自然是自尽的。自尽的原因，就是裕沪银行亏本的那件事。"

罗侦探冷笑道："大凡人自尽的，决不会自己于临死时，定做成不是自尽的证据。你看床前的衣服，不是折得好好的么？倘是自尽，哪有临死时，心还是这样定的？你看死者盖的被窝儿，不是周身卷得好好的么？倘是自尽的，哪有嗅了那难闻的煤气，兀自安安顿顿地不动的？自从吾习了此业之后，看了煤气上死的人，也不知多少，死前，都是发狂扯衣服坏器具，甚至自毁形体，从没见一个咬紧牙关直等煤气毒死他的。"

福尔登便问道："如此说来，你竟说他不是煤气上死的了，可是么？"

罗侦探道："是的，别有致死的原因在，不过一时决难查出。"

福尔登又笑得前仰后合道："縠旦姆！如此说来，大约死者是假死了。不然，哪有死了之后，再爬出床来，开煤气灯管的道理？你著名侦探家说的话，全本是在葫芦里说的，吾也不耐烦听了，如今且当它另有非常的凶手，另有致死的奥妙法子。你可于几天内查明此案？"

罗侦探回问他道："你呢？"

福尔登道："吾在三日内可以决定了。"

罗道："吾至少也得一礼拜，只怕还来不及。"

福尔登又笑道："縠旦姆！真是小题大做！怪呢也莫怪你，你们贵国人的干事，出名是慢到极点的。政府里不必说，有了一件交涉的事，至少也得两三年，方有结局。所以到中国来做领事的资格，第一要慢性儿。吾起初到中国的时候，性儿比此刻要快到十倍，此刻倒也渐渐地慢惯了，只怕回国之后，说不定走得太慢，要被街上来来往往的电车、机车轧死呢！也罢，听你查这么一个月，好不好？"说罢，又是一阵痴笑。

罗侦探道："这案十分棘手，你吾二人，正不知究竟谁先查出端倪来呢？"

福尔登笑道："那自然是你了！"

说罢，二人便别了毕公子，各自回寓去了。

第四章　奇缘

　　吾最亲爱的看官，你道吾这段故事，是信笔乱挥的，随口胡造么？其实是有凭有据，说起来人人皆知，个个共晓。

　　上两章说的那毕公馆，究竟是谁家呢？原来死者叫作毕剑秋，南京人，是上海地面上首屈一指的富户，与这件案子有些关系的那爿裕沪银行，就是他一人独创的。其余的自郐以下①，更是不必谈了。

　　听说毕老翁未发达以前，曾经当过新北门里马祥源古董铺里的买办，专往缅甸、暹罗②，以及南洋各岛采办宝石的，因此出名叫毕买办。这毕买办天生成的致富资格、守财本领，银子铜钱，进了他的口袋，就等到闷死了，也不得出来透一口空气。所以在古董店里帮了几年，就翻身跳将出来，撞自由之钟，展独立之旗，在大马路③上独开了一家古董铺。他舅子黄子辉也是马祥源的老伙计，他便唆使他到自己的店里来。

　　从来店铺的生意，多半是大伙计招徕的，老伙计一走，那铺子里

---

① 自郐以下：吴国的季札在鲁国看周代的乐舞，对各诸侯国的乐曲都发表了意见，从郐国以下他就没有评论。借指从某个人或事物以下就不值得一谈。
② 暹罗：泰国的旧称。因历史上包括暹及罗斛两国，故名。
③ 大马路：今上海市南京路。

的老主顾儿,也跟着他走。就这一走,那马祥源的生意,全本搬到这毕买办的新铺里来了。不到几年,毕买办的"赏古斋"古董铺,已是中外驰名,东西争誉。毕买办口袋里的钱,便愈装愈多了。

及至庚子年拳匪①闹了乱子之后,不知怎样,毕买办竟弃了本行,开了许多的药房,专卖什么戒烟丸咧,燕窝糖咧,牛髓粉咧。这许多补剂良药,把中国人补得差不多,要不像个人了。

于是毕买办骗的钱,竟要富甲全国了,他便设了这裕沪银行。莫说上海的几个空心阔佬、滑头富翁不在他的眼角里,便是当今政府里的几位大老②,也不敢正眼看他。

虽则只捐得一个平平常常的候补道③,加上个二品衔,在上海地面,红顶子算不了什么稀罕,只是从外国人眼睛里看出来,这毕买办竟比中国政府还要靠得住,他的声名也就可想而知了。

他的夫人黄氏,娘家本是金陵的书香故家,自幼勤俭性成,毕买办能成中国第一富翁,半出夫人之力。自来难里夫妇分外情深,所以伉俪间从无间言。哪知当拳匪乱后,夫人不知害了什么病,竟呜呼哀哉了。毕买办哭得死去活来,自不必说。

夫人遗下一位公子,聪颖多才,老夫妇视同掌珠,一向在家课读。到了十三岁上,便送进上海最有名的圣彼得大学堂学习英文。公子天资既好,性情又佳,在学堂里不但于功课上屡列前茅,便于运动

---

① 清末义和团运动。
② 大老:资深望重的大官。
③ 清制,道员为捐官(缴纳钱财以求取官职)条例中所规定的最高一级,但道员实缺有限,捐纳道员一般无缺可补,仅能得到差委。此种道员称为"候补道"。

上也十分注重，诸凡赛跳竞走各种技术，件件皆精，每逢各处开联合运动会时，总让圣彼得学堂第一。圣彼得学堂的体育部中，总逃不了毕公子第一，所以毕公子在学界中声誉很著，人人多称他作毕（亦作"必"）第一。

原来这圣彼得学堂乃是西国教会所设，他们盎格鲁-撒逊[①]人种，有一种最文明的特性，就是尊重女权。

说书的还记得小时候，有一次在上海张家花园玩耍，面前走来一男一女两个西洋人，年纪至少也都有五十岁，后面跟着几个少年，大约不是孙子定是儿子了。忽然老洋婆的鞋带儿散了，把只脚高高地搁在石阶上，任那老洋人呼下背去。可怜那老骨头是几乎要弯不转来的了，恭恭敬敬地当那内务府正堂的好差使。旁边吃茶的红男绿女，笑得嘴唇都合不拢来。他们却全不知道，只道人家笑着别的玩儿呢！这是闲话，不必多提，然而他们那尊重女权的特性，也可见一斑了。

因此上他们既开了一个男学堂，必定在近处再设一个女学堂。这圣彼得大学堂，也照着这个故事，在对面设了一个女塾，叫作什么约翰女塾。里面教习[②]既多，经费又足，所以近来中国各处，女塾里的教习，多半是这约翰女塾里的毕业生。而且这女塾里的章程很严，比起吾国滑头少年所开的女学堂来，自有天壤之别，以致来学的女生日多一日，其中颇不乏大家淑女、贵族名媛，在中国这黑暗女界中，也着

[①] 盎格鲁-撒（克）逊（Anglo-Saxon）人通常是指公元五世纪初到1066年诺曼征服之间生活在大不列颠岛东部和南部地区的文化习俗上相近的一些民族，属于日耳曼民族的一支。
[②] 教习：旧时指教师、老师。

实放些特彩！

一日，圣彼得大学堂，照着常例开秋季联合大运动会，邀集江南各处著名学校中体育名家赛竞各种飞跳飞跑之艺，各处应声而至者络绎不绝。沪宁铁路上照章学生旅行是只算半价的，这次各路来赛运动学生都买的二等票，坐的头等车。据站长调查表上载的说，在三日内竟连一张头等票都没售出，亏损不少，即此可见这联合运动会的影响了。

这日圣彼得大学门前，高高挂着各国国旗，居中两面最大：一面龙旗，是表明不忘祖国的意思；一面花旗，是表明颂扬师铎的意思。上面大自鸣钟顶上，还随风飘着一面大纛旗①似的红地白字大旗，上绣着"中国联合运动大会"八个大字。

门前的军乐队，"嗒嗒嗒""咚咚咚"地吹得震天价响，排队欢迎的学生站得整整齐齐，一个个都像希腊国神像似的立定了，动也不动，响也不响。

来客中也有戴着顶儿、拖着翎儿的，也有牵着狗儿、执着棍儿的，也有见了外国人呼腰唱喏的，也有随着女眷们嬉皮笑脸的；门外边的轿班马夫，更不成个样子了，也有打的，也有骂的，也有偷的，也有捉的，也有死挨在门口，见了女人便打呼哨的，也有乘着收券员不留心，挤在客人堆儿里偷进来的。怪现象种种不一，丑状态式式俱全。真莫怪许多外国人说中国人尚够不到聚会的资格呢！所以说书的便不免在一团高兴中附送一个呜呼噫嘻！

---

① 纛旗：元帅的大旗。

闲话少表,单说到了九点钟时分,里面会场里一切预备停妥,军乐响处,走出十六位青年,身穿白色汗衫,胸前挎着一条缎带,青黄赤白,各色俱有。带上标着各人代表的学堂名字,内中带着圣彼得标记的倒有四个,其余都是一人代表一校的。

一时赛百码跑已毕,宣告员骑着自行车,用显声管宣告道:"毕敬夫第一,某某第二,某某第三……"

不一会又赛什么二百二十码跑咧,什么越阻赛跑咧,什么竿跳咧,什么远跳咧、阔跳咧。比一次,宣告员总在场子里周围兜其一个大圈子,"某人第一,某人第二",一次一次,各自不同。只有"毕敬夫"三个字,却闹得看客们耳鼓也闹麻木了。

看官,你道这毕敬夫究竟是谁呢?原来就是毕买办的公子。他此次赛艺,更比上几次优胜,及至各样都赛完了,裁判员一算,他的分数最多,应得联合会第十年纪念的金杯奖品,又宣布道:"照例由胜者自择'爱后'给奖。"

且慢!怎么叫作"爱后"呢?原来中世纪时,他们日耳曼人种蛮风未除,一味地好勇斗狠,各国穷兵黩武,你争吾夺。当时的战士,每年必开一决斗会,与现在学界中的运动会大略相同。不过运动会里的会员,都是智体二育并行不悖的,他们却是猛如虎蛮如牛的健儿,只知体力,不知智力的。每次会中战胜的,便有选择"爱后"之权,选一位他心目中最美之女子,替他戴上战胜草冠。这便是"爱后"的来历了。

当下毕敬夫站在大众面前,听了裁判员的宣告,乐得小鹿儿都乱撞起来,只觉得一股血气,从心窝里直冲到脑袋里来,一时仿佛失了

第四章 奇缘

知觉似的,觉得裁判员说话的声音,"喳喳喳"好似撞钟一般。

及至听到"由胜者自择爱后"这一句,更闹得他脑袋都要炸破了。原来这位毕敬夫,一向专心在书本子上,闲来却用力在运动场里,从没研究过风月历史、儿女佳话的,人家因此称他作"呆子"。其实他天性如此,自己也并不觉得的。

所以此时他心下着实为难,自想道:"叫吾选哪个呢?选得不像样,又要惹人笑话,那便如何是好?"

那时裁判员正立在洋台下的石阶上,一般女客,都挤在裁判员后面看发奖。只因这"爱后"的规矩,是今年初次举行,所以除了一班女学生之外,其余的女客竟是莫名其妙。当下便有许多女学生,眼睁睁指望毕公子选着她,各人的视线,竟把毕公子那似喜非喜似愁非愁的脸蛋儿,当作靶子"嗖嗖"地直射过去。

毕公子正急得不亦乐乎的当儿,没奈何只得抬头去选。这一看便不好了,他那桃红色的脸蛋儿,顿时染得同舞台上的关夫子一样了,一双聪明眼珠子,差不多就要淌下水来了。自己一想不好,别失了会场的礼统,忙把牙关一咬,把眼眶里的脑筋一收,定一定神,方老着脸一个个地看去。

只见也有笑的,也有急的,也有被他看得羞的,也有故意装着害臊的,也有旋转半个脸儿,心里要他看见,面上装做不要被他选着的。

看来看去,竟似没有一个中得他意。蓦地里看到一位神气端庄意态娇娜的女学生脸上,他的眼光就停了,他的魂灵便去了,他的一生结果便定了,累得大侦探罗师福君便要忙了。

吾说书的便要多说两句话了。那女生呢,虽则在约翰女校肄业数年,怎奈她不喜学时髦,从没学习过眉头说话瞳儿传情的随意学科,所以任你如何看她,她却举止自然,憨态可掬。正是:说她有意便无意,道是无情却有情。

一时公子目光停了半天,两傍观客知道"爱后"已得,便掌声雷动。圣彼得全体学生高呼"圣彼得大学万岁",几班军队"咚嗒咚嗒"地吹打起来。

当下便由裁判员问了毕公子,恭恭敬敬地去请"爱后"。"爱后"也不慌不忙,慢步走到正中,向大众行了个鞠躬礼。旁边自有几位女教员教她怎样地加冠,怎样地代众人勉励胜者,"爱后"便一件一件地如法炮制。

及至金杯授受之时,忽听得"乒乒乒"一阵声响,众观客吓得面如土色,回头一看,乃是圣彼得学生放排枪致贺。接着便见军官将指挥刀一举,嚷了一声不知什么东西,众学生依次开步,霎时间只见碧绿的草地上,显出黑衣人排成的"圣彼得大学"五个大字来。

令旗一挥,全队瓦解,看客们也兴致勃勃地各自散去。他处来与赛的学生,不必说自然是垂头丧气而去。这第十年的纪念大运动会就此完结。

看官,说书的为何在这侦探谈里说起这扰扰攘攘的运动会来呢?岂是说书的故意弄巧,惹得诸君们中有急要看侦探结果的,头颈伸得比仙鹤还长,说书的竟置之不顾么?那是断乎不敢!只万事有因必有果,有果必有因。这运动会便是种因,这罗师福侦探第二案便是结果。看官仍到得后来,自然明白,此时不必多赘。

第五章　佳话

却说毕敬夫自从那日得奖之后，顿觉"英雄气短，儿女情长"起来，成日家无论上讲堂下操场时，总觉神魂忽忽，似乎心中有许多干不了的事，许多说不尽的话。仔细想去，却又无事要干，无话可说。平常以为可信可靠最知己的朋友，到得此时，方才知道并不足信，并不可靠，也并不足称为知己。要寻知己，除非前日用纤纤玉笋替吾戴冠冕的那可憎才①，就这临去秋波那一转，已显得与吾知己到万分。然而伊人不见，奈何奈何？

于是平常最注意最希望的品行分、勤惰分，也竟置诸脑后。有时身子上了讲堂，魂儿却没有到，甚至连课本都忘记带上堂来。坐了一个钟头，唧唧的铃声响了，便随着众人到别个讲堂。可怪近来各教习的声音，不知怎样也低得多了，他连一句都听不清楚。幸亏他往常勤勉，老招牌就如稻香村的玫瑰瓜子、长生桥的良乡栗子一般，在教习眼睛里看来，竟是不好也好的了，所以在讲堂里，尚不难将就勉强塞责。

---

① 可憎才：可爱的人。

只是下得讲堂之后，踢球呢，似乎没有意思；练运动呢，又觉得肌肉渐渐地瘦了，血气渐渐地衰了；给同学谈话呢，却想来想去无一人好说心里无限的话。往常最喜欢在草场之中、树荫之下，约二三同志同读互讲，如今却觉非得睡着读不行了。

一躺下来，却又不能读书，四肢间一时大冷，一时暴热，心里左不是，右不是。日有所思，夜有所梦，往往仰天长叹道："吾而今方知爱情的能力，吾毕敬夫虽有十分勇气，也是拗它不过的。但是如今必须想个法子，如何退了这爱河情波方好！"

这日正是星期，男女两校学生同到礼堂参神礼拜。毕敬夫此次不比从前了，从前，骂人偷看女学生，此次自己也免不得犯这个毛病了，而且大看特看，不顾他人惹眼，他只呆子似的一眼不霎看着那女学生；那女学生呢，莫说她玉貌倾城，便这莺啼呖呖的赞神歌声，已足把毕敬夫的魂魄勾摄去了。唱完了歌，果见她也心心相印，没精打采地向毕敬夫脸上瞟了一眼。

礼拜已毕，学生各个告假回家。毕敬夫也乘着家里开来的马车回去，在车中想道："吾何不腼颜去访他，他一定肯告诉吾那可人儿的下落，但只怕他告诉同学，又多一番笑话。然而尚不甚要紧，最可虑的，只恐他告知舅父，那便如何得了？"

想来想去，还是医目前的心病要紧。至于他泄露不泄露，那是日后的事，现在也顾不得了。主意打定，立刻将头探出窗来，吩咐马夫加鞭向张园去。

马夫答应一声，加上一鞭，那马便腾云驾雾般疾驰起来。

此时车内的人，胸中辘轳竟与车轮转得一样得快，恨不得插翅飞到张园,但觉两傍的花树,均迟迟不肯早离他向后退去。那可厌的寒蝉,兀自鸣个不住,送出一种凄凉的声音来。

不一会,张园已到,敬夫抢出车门,三脚两步直冲进安垲第①来,四面一看,并不见所访之人。

猛然有人在他肩上拍了一下道:"好潇洒!一人独自到这里来,不寂寞么?"

敬夫抬头一看,大喜道:"你果然在这里!甚好甚好!吾有事要请教你呢!"

那人道:"怪了!你怎么会有事请教起吾来?既如此说,吾且叫人把茶移过来细谈。"说着便使个眼色,招呼堂倌把茶端来,又问敬夫道:"你快说!什么事?"

敬夫道:"吾不知你果能守秘密否?这事说来极易办,而且并不费你的力。"

那人道:"守秘密,自然是应有的人格,吾岂肯自甘暴弃?你且说来,能尽力时,无不竭绵薄,以报你平日在校中处处帮吾之惠。吾猜着了!你不是今晚要请客,要吾荐局么?那容易办的。"

敬夫道:"不是不是,吾素性不喜如此,你难道还没知道?吾要求教你的,便是前日替吾戴冠那'爱后'的姓氏、住处,请你详详细细

---

① 安垲第:洋楼名,系张园中的主体建筑,始建于1892年9月12日,由有恒洋行英国工程师景斯美(Kingsmill, T.W.)、庵景生(B.Atkinson)设计,浙西名匠何祖安承建,整整历时一年,于1893年10月竣工,英文名 Arcadia Hall,意为"世外桃源",与"味莼园"意思相通,中文名取其谐音,有时也写作"安恺第"。"垲第"通"恺弟(悌)",有和乐平易之意,又与"安"相连,更添平安和美之感。安垲第整幢楼高大巍峨,分上下两层,可容千人同居一室,楼侧还有角楼一座,为当时上海最高建筑,登高远望,申城景色尽收眼底。

地告诉吾,因为吾要补在自己的日记,将来也好留了纪念。"

那人哧哧地笑道:"怪不得近日来你的颜色越黄,精神越衰了,原来有这一段佳话。哈哈!你骗谁来?你说要载在日记上,话也说得似乎有理。但是你问那'爱后'的住址则甚?难道你记的日记,也要送一份与她看么?你这前后不相应的话,去骗呆子去吧!不然呢,话倒就在口头。被你说了这一派诓话,吾也不说了。还有一层,你方才还叮咛吾守秘密,这记日记是什么样的秘密呀?吾劝你不如索性老老实实地告诉了吾吧!"说罢大笑,两只眼睛耗子般地两面流转,一只指头托着鼻子,右腿架在左腿上,摇个不住。

敬夫见此光景,知道自己失于检点,被他看破机关。"也罢,吾到这里来的原意,原是不怕他知道的,吾何不就此认了,料也无妨。"复又想道:"不妙!吾何不如此播弄他一番?"便道:"各人有各人的心事,你不必勉强。你不肯告诉也罢了,吾们谈别的话吧!"

那人胁肩而笑道:"好了好了,不打自招。你既说有心事,那就是了。吾告诉了你吧!此人不在百步之外,吾方才全是玩话,你也何必如此见气?还有一层,吾决计应许你守秘密。你那意中人来也!"

敬夫本想要问他究竟百步之内在哪里,忽然听他说"意中人来也",倒把他似乎惊了一跳,向外一看,果见那梦寐不忘的"爱后"同一个年纪相仿的女学生携手同来。

仔细看时,只见她身穿元色泰西时花缎夹袄、元色绉纱①白滚边

---

① 绉纱:织出皱纹的丝织品。

第五章 佳话

第二案

的百裥裙①，天然足，青缎鞋，夹袄上还披着一条白色线绒花披肩，胸间垂着一支珍珠白牡丹，映照着那不施粉黛自然鲜艳的蛋脸儿，真如嫦娥谪世，西施还魂。此地究是人间，抑是天上，一时竟不能辨别了。把个敬夫直看得呆如木鸡，顿觉比方才见她在学堂里，穿着操衣的时候，更加美丽。

旁边坐的那人，也陪他出神了一回，忽然醒了道："敬夫，你何不就去与她招呼，才是道理！"

敬夫被他一句提醒便道："果然，她已与吾金杯授受，自然不妨叫应。"说着便拿了手里的茶杯，走将过去。幸亏那朋友一眼看见，叫他放下茶杯，方才过去。

那美人见了敬夫，打了问讯，娇声滴滴道："毕君，此地不是说话之所。"又向那厢，敬夫的朋友一看道："你且随吾到这里来。"说着，便带敬夫打左首走出安垲第来，直向品物陈列所②走去，一路上又介绍那同来的女学生见了敬夫，方知同来的是她嫡堂姊妹，姓施字兰珍，又是同学。

说话间，已到了陈列所，敬夫匆忙一起替她们买券入场，那美人倒也并不谦让。三人上得楼来，便往那小茶室里去。一时堂倌泡了两碗浓浓的碧螺春来，自去不提。

敬夫此时心中更觉纷如乱丝，连一句话都说不出来，还是那美人

---

① 百裥裙：多褶的裙子。
② 品物陈列所：即"中国品物陈列所"，于1908年由一群商界兼文化界名人在上海发起成立，主要业务是提供古玩书画陈列展示和买卖平台。

第五章 佳话

第二案

先开口道:"方才同坐的那人是谁?此人十分轻薄,还望毕君珍重小心才是!"

敬夫道:"此人姓黄,字梦槎,乃是吾舅父的胞侄,与吾虽是同学,并不投契。平日却不过至亲的情面,随时在功课上指点他些是有的。今日与他同坐,原是为访卿下落之故。"

美人道:"你不问他也罢了,你这位表亲,凡是吾同学中轻佻些的,他无一不认识。"便对兰珍看了道:"周家姊姊,前日要介绍吾见他,吾只万万不依。毕君你下次不与他同来也罢了。"

敬夫道:"那个自然,但是卿那芳字以及仙居可告吾否?"

美人道:"吾家就在三马路①大礼拜堂对门,吾先父就是那里的牧师。毕君你问它也无益,请你不必到那里过访。吾的学名叫作素兰,但是吾嫌它太女孩儿气,就烦毕君代题一个何如?"

敬夫道:"不敢不敢!只是卿此刻何以比早晨在礼拜堂时,花容似乎瘦了些了?"

美人正色道:"吾昨夜便出学堂,今早并没到礼拜堂,毕君莫非错看了?"说时同来的施兰珍,也伏着案咪咪呆笑个不住。

敬夫以为她是闹羞,有意推托,况且女子不喜告人之事,对破了便讨没趣,所以并不追究,岂知祸根就此种了!所谓"天下本无事,庸人自扰之",真是不错呢!

---

① 三马路:今上海市汉口路。

第五章 佳话

却说自此日后,毕敬夫与施素兰女士订了割臂之盟[1]。二人各在学校中虽不得时常见面,然而书札往来,情深意密。

正是"光阴易过,日月难留",不觉半年已去,这日正是清明节,敬夫约了几个朋友,进城看会,回家时已是日落西山了。

忽然小厮递进一封英文信来,认得是素兰的笔迹,拆开一看,顿时面如土色,埋怨道:"咳!你既要到美国留学,何不早通知吾,怎么就生此铁石心肠,好叫吾心中难受。"复又念那信道:"生离死别,人生最伤心事,见面徒增懊恼,不如飞邮转达,反觉爽快。毕郎努力用功,妾所深望……"读到这里,便不由自主地眼泪如散珠般滚滚滴下,叹道:"生离便罢了,何必说死别呢?素兰素兰,吾心何忍?"叹罢,便神思恍惚,但觉喉间发热,"呱"的一声,吐出一口血来,连人带椅,躺下地去。

其时外间的小厮听得声音,忙奔进来,一看,主人敢情是昏厥了,急忙飞跑上楼唤人,却巧毕老出门未归,只得叫那小丫鬟来。幸亏丫鬟有主意,把公子扶起,摸了胸口还热,便立刻泡姜汤灌救,小厮便说:"何不将老爷签押房里的药水来救?"

丫鬟道:"呸!那是做生意卖的!哪里好救自己家里的人呢?这可不是玩的!"

说着,公子已渐渐回过气来。丫鬟捶背,小厮拍胸,果然一时救

---

[1] 割臂之盟:原指春秋战国时鲁庄公与孟任割破胳臂,订下婚约。后泛指割破手臂立誓宁约(指男女秘订婚约)。

醒，只是不醒人事。外面仆妇之辈，都要来看，全被丫鬟喝住。

服侍约有一个钟头光景，方知道寻那桌上的信，寻着了纳在怀中，方打发丫鬟回去，自己在书房里四面踱来踱去。人家叫他养息些儿，兀自不听，俄而长吁短叹，俄而大呼小唤，竟是害了精神病了。

毕老知道此事，便托人赶紧做媒。

须知这等富户人家，有女儿的哪个不愿意仰攀？有许多老太太们还说："别说他儿子活着，害些儿病，稀什么罕？便是死了，吾也宁可教吾女儿抱牌位。结亲的嫁了这样的人家，将来哪样办不到？"于是七张八嘴，不消一个月，便说定了前任湖北汉阳道魏家的小姐。

毕老老定主意，放出强硬手段来，勉强公子择吉完姻。迎娶的那日，何等热闹，何等光辉？彩舆①前面，不知多少血红顶子的大人们，骑着对子马②。执事中除了轿夫、挑子之外，竟没一个不戴顶子的，其余的排场，更不消说了。

花烛团圆之后，毕老见儿子并不十分执拗，虽则新人从没交谈，那是小儿女的常事，倒也并不为奇。他老应酬本来是忙极的，现在加上一桩喜事，更觉忙中添忙，所以公子伉俪间谐好与否，他竟置之度外，只指望明年此时抱孙儿便了。

话说一日公子闷闷无聊，便叫人配了马车，独自乘了到张园聊以解闷。

---

① 彩舆：彩轿。
② 一人一马称为"骑"，两骑一左一右配成对，即为"对子马"，一般出现在庙会和民间婚礼中。

到了之后，仍旧到去年初访施素兰时吃茶的那桌前坐了，举杯在手，忽然旧情复发，感慨不已。又想到他家里的夫人，鼻管中一酸，几乎掉下泪来，自叹道："毕敬夫，你害人终身，良心何在？"忽然回念道："这也不是吾的罪过，但愿来世再赎此时之愆。"又恨素兰怎么至今没有信来，想到这里，似乎眼前隐隐约约现出一个如花似玉的素兰来，一霎时便不见了。

再想时，休想看见，便向外看那来的马车，车中走出来的，大半是浪子荡妇，旁边桌上的茶客，品头评足，说好道歹，看得甚是有趣。

只有敬夫心里，另有一种怀抱，任你张园如何热闹，在他眼里，却从进来之后，连一个人都没看见。

忽见门前一辆车中，走出一个女学生来，形态极似素兰，进门后再一细看，却与素兰有天壤之别。那女学生才打他后面走去，猛见一乘异样的马车，又到门口停下。车里那人，不是素兰，倒是哪个呀？一些不错，果是素兰！

且慢且慢！那是吾心中作如此想，眼中也作如此观，莫要自骗自了！素兰哪会就回来的？岂知走来愈近愈像素兰，看她不向东，不向西，偏偏向吾桌前来。

到了桌前，便立定嫣然一笑道："毕郎，你好闲散呀！"

毕郎方知并不是梦想幻境，果然日思夜想的素兰到了。只是一向从未见素兰笑过，怎么此时便学会了笑了？见她一笑，更是喜到万分，便站起让座道："爱卿你回来了？吾不料今生还能相见呢！"

那素兰答道："你已有白头偕老的人儿，也难怪你不想再见吾了。毕郎毕郎，你尚记那夜月下立誓时的情景么？正是'出乎尔，反乎

尔',你试自问良心,再来与吾说话。"说完,便旋转头去,向外看马车了。

敬夫听了这话,脸上一阵热,一阵冷,心中郁着无数委屈,一时竟寻不着话来表白,坐着实在难过,又想:"素兰从前性情何等温厚,怎么此刻出洋回来,竟是大失本性了?素兰也不体谅吾,吾今生真无同心的人了。"想到其间,免不得眼泪滚滚欲落,又不敢落,骨碌碌地向喉管中直咽下去。此时心里的苦,竟比刀刺还难过。

忽然那素兰旋转头来道:"毕郎,你真女孩子气!受了这几句玩话,便哭丧着脸,罢了罢了!吾们快回去吧,时候已不早了!"说毕,立起身来,邀毕公子同行。

二人出了安垲第,敬夫便问:"吾们此时到哪里去?"

那素兰并不答应,把手一招,便见一乘新式的马车如箭射来。素兰硬推敬夫先进车去,自己却与那帽子兜过脸的马夫,说了几句,不知是哪国文。

马夫答应,方才进来。正要进车的当儿,敬夫一眼看见黄梦槎,在车前闪过。素兰似乎与他点了点头,便把门关了。

敬夫忽见眼前一黑,伸手不辨五指,便问道:"这车为什么没有窗?坐在这里头怪闷的!素兰素兰,吾要换乘车子坐了!"

岂知说了半天,车中竟没有素兰的声息,一想今天素兰性情大变,怎么把吾当傀儡一般?此刻又叫吾坐在这黑暗的车中,吾说话,又不睬吾,只得闷坐了一回。又想自己的马车还在张园,尚未关照它,便立起身来,要想去摸那车门,却触着素兰的手,重又缩了回来,道:"素兰你究竟什么意思?把吾幽禁在这闷死人的车中,你到底要带吾到

哪里去？"

这才听见素兰低声答道："到吾家里去！你嫌这车子不好，明日再换一乘便了。"

敬夫诧异道："怎么你家里此刻便好去了？你不是从前说过不能带吾去的么？"

那素兰道："此刻好去便好去了，何必絮烦？毕郎，你还是睡吧！"

说也奇怪，毕公子听了这种清脆的声音，竟模模糊糊不知不觉地陷入睡眠状态中去了。

第六章　怪车

话说当日罗侦探别了福尔登警长，回到寓中，先与费小亭说了那死者的形状，又讲到福尔登如何无礼，如何冒失，并言此事须竭力查出，方不负毕公子的重托，也好教福尔登知道中国人的厉害。

小亭问道："如此看来，那黄账房着实可疑，只是此人决不会做刺客，吾们如今须从哪里入手才好呢？"

罗探道："那自然须从昨晚你见的那怪车入手。"

小亭惊问道："你说那美人坐的车么？吾想……"

罗探接口道："你想那美人决不会谋刺么？那个自然，照你方才说的车中那美人生得这样美丽，设使被吾见了，也不敢说她是杀人的凶手。可惜吾只见车中只有一个黄发碧眼的丑鬼，以至有此猜疑。其实那车中果有凶手与否，尚是不足深信，吾们查案，只先追究涉疑的事就是了。如今涉疑的，第一是那怪车，第二是黄账房，第三却是那毕公子。"

小亭更加诧异，忙问道："怎么毕公子也涉疑么？吾想这人尚不至于干此逆伦之事。倘使他果然与闻此事，便决不至于再来求你，难道又是一个黄顺利么？"

罗侦探见小亭一味辩驳，并不思索，便弹了一弹烟头上的灰，正

第六章　怪车

告小亭道："请勿性急！听吾道来。当时吾查出死者手上失去戒指，便见毕公子面色大变，却如术士附鬼时一般地可怕，停了半晌，方才开口说话，其间着实有些蹊跷呢！"说着，便捋起袖口，露出那箍在手腕上的一只小金表来。

罗侦探指向小亭道："你看吾这表时刻快慢如何？"

小亭看了一看壁上的钟，已是十一点半，他表上却只十一点一刻，便道："这表太慢了！那钟吾方才上过簧，不会错的！"

罗侦探笑道："你道吾这表错了，其实吾这表从来没有错过一分一秒，因为这里面的发条，是照江南这边的气候配的，可包用百年，连一秒都不会错，如何便会错这许多？实对你说，方才验尸约莫有一刻钟的工夫，验完之后，吾一看这表上的时刻便不对了。"

小亭道："啊呀！那一定死者身上有电气了！如此说来，竟是触电而死的？只是昨晚并没打雷，怎么会触电呢？罗君，你道是什么缘故？"

罗探道："小亭，你真个被车中美人的秋波摄了魂去么？为何这等冒冒失失地胡说？须知吾们是学习侦探的，怎么好这样地说话，无伦无次呢？那电气杀人，本来不必一定是要打雷的，你还不知道么？吾们且快吃饭，吃过了，还要到张园去瞻仰出品协赞会①哩！"

---

① 出品协赞会：即上海出品协赞会，全称"南洋劝业会上海出品协赞会"，又称"张园工业博览会"，主要筹办者为沪绅李平书，参展者为沪地商家大贾。协赞会于1909年11月21日开幕，会场在安垲第内，事务所在张园中国品物陈列所内，入场券为小洋一角。场内陈列各物分天产品、制造品、教育品、美术品四大部，有二万数千种，四万数千件，展场外围设中国戏剧、中西音乐、中西饮食，以及种种游戏，并设中西商店，以备参观者随意购买。当时原定一个月的会期，因中外厂商和游客的踊跃参与，不得不延期两周。

小亭道:"你去也好,吾却要在家里细细地将此案思索一番。"

罗探点头,慌忙用完午饭,独自出门而去。

这里小亭横思竖想,追索那毕老翁致死的原因,毕竟想不出个所以然来。后来想着了方才罗侦探看的那本《杀人术》,便走到罗侦探的书案前,却见那书端端正正地摆在桌上,他便坐下翻阅。翻来翻去,也不知看哪一处才好。最后翻到一处,看了又看,约有三四遍,喜得他手之舞之,自言道:"一定是电针,不会错的!"

看完了书,便也搁了书出门而去,直到傍晚,方见他喜冲冲地与罗侦探二人携手同归。罗侦探却因在张园看不见中美两力士比艺,唧唧哝哝地埋怨。走到家里,各人装束停当,重新出门。

此时天气渐渐地黑了,街上的行人也渐渐地稀了。二侦探出得门来,慢步在马路边上,直向跑马厅那方踱去,倒好似潇洒无事的人一般。

小亭道:"只怕他不来,那便如何是好?"

罗侦探道:"你只怕他不来,吾却只怕他来。他若不来,便是一鼓就擒的懦夫,不费吹火之力,此案便可水落石出了;他若来时,那便是吾的劲敌,你吾须得小心些儿才好呢!"说到这里,忽然抬头向前看道:"小亭,你看前面那闪闪烁烁的是什么?"

小亭停睛一看,果然对面来者不是别的,却是昨晚那怪车上的电灯,便与罗侦探二人同向僻静处一闪。偷看那车子过时,只见里面丢出一支吃剩的烟卷来,便走出来拾了那烟头,藏在怀里,再到罗侦探处来。

不一时,那怪车到了马德里弄口,一个小马夫跳下车来,走进弄

第六章 怪车

第二案

去，不见动静。等了约莫有一刻钟的光景，便见先前的小马夫匆匆跑出来，手里提着一件东西，开车门送了进去。接着便见那毕公子，也慌慌张张走出弄来，跳进车门，那车便调转头来如飞地去了。

二位侦探赶紧走到转弯处，早有一乘两轮马车预备着。罗侦探唤下车夫，招呼他回去，自己与小亨跳上了车，那马便腾云驾雾般向前面那车直追上去。

追过跑马厅，向西而去，二车不即不离，紧紧跟着，别的车子一乘一乘地追出。

且慢！上海捕房的章程，不是不准追出他人马车的么？怎么如今好不遵章程呢？看官有所不知，如今的巡捕，只拣有辫子的便抓，没辫子的他再也不敢来碰你一碰。所以上海许多爱抢马车的爷们，宁可剪了吾们那三百年来的国粹，甚至费了几十块钱，买了个假头套。盘了辫子，戴了头套，穿了一身四不像的西装，去抢马车、出风头，这便是中国人的竞争思想、爱国性质了。

如今罗侦探更不必说，一则是因他穿西装，二则他是著名侦探，巡捕们保守饭碗要紧，哪敢太岁头上来动土呢？

此时已过了斜桥，前后两车上的马，都渐渐地乏力了，车子也走得迟了。这里街上已没有电灯，伸手不见五指。

小亨不免心里担慌，向罗侦探道："再赶下去，越走越远了，吾们失了后援，倘然动手起来，连巡捕都没有，那便怎处呢？"

罗侦探道："吾们有二人在此，料也无妨。但是前面那车愈走愈慢，其中有些蹊跷，吾们倒要仔细防备着，只怕有暗器来。"

说时，只见前面那马夫将手一举，罗探便叫"准备"。说时迟，那

第六章 怪车

第二案

时快。火星迸裂，一个弹子直向罗侦探面前飞来。罗侦探低一低头，那弹子早中了头上戴的拿波仑帽子[1]，直滚向车后去了。

小亭执枪在手，便要回敬，罗探急忙喊住。再看前面那车，早在百步之外，急急策马再赶，岂知才走了三四步，那马也作怪起来，仆下地去。

罗侦探倒吃了一惊，一看时，只见一道白光在马旁闪过，一个黑影向路旁树林中飞奔而去。

小亭看得真切，跳下车来，直向黑影追去。罗探嘴里喊着"小心暗器"，自己也跟着小亭赶将下去。

只见小亭把手一扬，"乓"一声，一弹射去，前面那黑影应声而倒。小亭便哈哈地笑起来，奔去捉那跌倒的黑影，走近一看，不见动弹，料道必是一枪结果了，蹲身下去，伸手一摸，敢情并不是人，却是一件衣服。

只听前面罗侦探喊道："带了衣服快来！"

小亭方知中了贼人的奸计，倒被他逃得远了，心里更加佩服罗侦探，不与他一般见识，兀自老定主意，紧追贼人不舍，急忙将那衣服披在肩上，再行赶上。

常言道："祸不单行。"小亭连遭堕马飞弹之险，心中已是十分懊恼，忽然肩上披的那拾来的衣服，发出火星来，急忙立定了脚，将衣撒在地下。

---

[1] 拿波仑帽：一种以"拿破仑"命名的椭圆阔边的帽子，一般也叫"铜盆帽"。

第六章 怪车

只听得一声响亮，那衣服顿时化成一个火球，团结拢来，轰然一声，炸成灰烬，吓得他魂不附体，也忘记了捉贼，自言道："险呀！倘若吾见了火星，尚不撇去，那东西必定将吾周身包拢来，吾此时身子，早已与那烟灰一同飞去了。可见得罗君教吾拾那衣服，也是只知其一，不知其二，正中了他的圈套。这贼的诡计毒策，真好厉害，一失检点，就不免断送性命。险呀！险呀！但是无论怎样险法，吾终须再赶上去。吾若不上前去，岂不要累罗君更险了么？"主意打定，赶紧没命地追去，那条路也渐渐地小了。

幸亏远远地忽现一点火光，知道必定是贼人的无声枪，便鼓气飞奔向前。可喜他是天生成的飞毛腿，即使神行太保复活，也奈何他不得，所以虽然离开罗侦探有百步之远，不到一刻，早已追到。

正想开口，那罗侦探手起火出，一粒火弹，直向小亭面上飞来。

小亭叫声"不好"，躺下地去了。

第七章　遇隐

前章说的罗侦探放枪，小亭应声而倒，看官不免诧异：第一不信罗侦探会枪击小亭；第二不信小亭这样武艺绝世的人，也会被枪射中。这不是说书的信口开河么？看官莫怪，且听吾道来。

且说当时小亭在地下打了一个旋风，一路扫堂腿向前面那人直扫过来，那人也不慌不忙，凭空向上一跳，约有三尺多高，问道："足下可是罗师福么？"

小亭大怒道："你这厮好生无礼！怎敢直叫罗君姓名？吾不是罗君，你快报姓名来！倘若不是正犯，尚好免你一死！"

那人道："无名小子，既不是罗师福，快回去吧！休得自来寻死！"说罢，反手便走。

小亭急忙追去，迎面一人撞来，早被那人逃去，小亭急向左手一跃。

此时月色渐明，小亭一看，不是别人，却是罗侦探，便撇了前面的人，来慰问道："那贼怎样了？"

罗侦探道："赴水逃了！吾只可惜自己从前没有学了游泳，以至眼睁睁地看那贼逃走，岂不可恨？现在时候已不早，吾们那边去借宿一宵吧！吾已经部署妥帖了，你快随吾来吧！"

小亭答应，果见前面有几点萤火似的光，便随着罗侦探向前走去，看看近了，却是三间平屋，中间的门虚掩。

到了那里，罗探推门进去，只见一位老者照灯出来迎接二侦探，招呼进得草堂，分宾主坐下，又唤小厮泡茶。

小亭仔细打量那老者，只见他头戴毡帽，身穿元色粗布大方马褂，腰系一条青布围裙，面露慈善之色，眉梢头稳稳现出一点英雄气色，须发已是半白，精神却甚强健，开口问小亭道："未知贵客尊姓大名！"

小亭见罗侦探点头，便道："在下姓费，号小亭。请教老丈贵姓高寿！"

老者道："老朽姓卫，字兰生，今年虚度六十三岁了。"

说时，小厮端出茶来，各人便静坐了一回。

罗探忽问老者道："令郎想不在家，现在何处？"

老者听了这话，似乎很不自在，勉强答道："他不常在家，目下出门访友，去了好几天了。"

罗探道："令郎一身好武艺，只可惜他不肯传授。"

老者惊问道："先生莫非与小儿有素么？何由知其武艺？"

罗侦探道："在下与令郎并无一面之交，不过见那庭柱上，有小穴无数，想为金钱镖所刺，因此知道令郎是好武的。"

老者便笑道："如此说来，足下的大号，并不是月峰，却是师福了？足下不必见外，适在黉夜借宿，本不敢留，只因敬慕英雄本色，故而屈尊。老朽并非歹人，但说无妨！"

罗侦探道："月峰是在下的字，师福是名。"

老者道："原来如此，冒犯之至，英雄锋芒，真是遮盖不得！方才

第七章 遇隐

足下偏要冒作公门中人，岂知被老朽一眼便看破了。究竟吾的老眼，还不花呢！"说罢，哈哈笑个不住。

罗侦探便将方才如何追车，如何迷路，凶手如何脱逃，约略说了。

小亭也将方才如何扑空，捉了一件衣服，那衣服如何化成火焰，后来如何暗中遇着一人，自己只当他是罗侦探，他如何放枪，如何夸大，说了一遍，听得一位富阅历的老者、一位多经验的侦探，都不免谈虎色变，同称"厉害"。

罗探急问道："那人身材长短，大略如何呢？"

小亭道："黑地里看不清楚，不过长短正与你相同，身段也大略不相上下。"

罗探道："那就怪了！小亭你记得那怪车中有几个人，车外有几个人？"

小亭道："车内，一个似乎是昨日吾见的那美人，一个便是毕公子；车外一小一大，两个马夫。"

罗探道："方才砍吾们的马足的，吾知道是那大马夫，他与吾身材大约是仿佛；如今你又说遇见一个人，与吾身材相同，这样说来，一定不是车上的人了！"

小亭道："吾也是这般想，他党中人想来必多，吾初意万料不到如此。"说时大有懊丧之色。

罗探冷笑道："不管党中人多不多，吾们破案的目的，总要达的，都只为案子难查，查案艰险，所以要重侦探。不然，见难不为的庸人懦夫，正多得很，谁不好做侦探呢？"

旁听的那位老者，听了也字字首肯，句句心许，等他说完，便不住口地赞道:"究竟不是一勇之夫①,不愧为当今中外第一的侦探家。老朽曾见新出的小说上,说的什么聂克楷忒②呀,一味地说梦话,只是恶斗,并无计划,比起罗先生来,真差得远呢!今日得蒙光降,好教吾蓬荜生辉了!"说罢,哈哈地大笑起来。

此时堂中桌上的自鸣钟,一连打了十一下,老者便立起来道:"啊呀!接了客来,床铺还没有备齐!少陪一回,待老朽去看来!"

二人忙说,一时局促,断乎不及预备,好在天气尚不甚寒,不必多备了。

说时,一个小厮出来报道:"奶奶说请客人安置便了,一切都已备好。"

老者道:"如此甚好!二位请吧!"

三人谦了一回,毕竟老者前导,二位侦探后随,从侧门走进草堂后轩。

仰面便见一个院落,两旁菊花甚多,送出一种清香来。前面一带五开间平屋,正中堂屋里供着关帝神像,堂里一张圆桌,大约是一家会食之处。

老者不进中堂,却向右边走来,走到第一间,说道:"这便是小儿叫名③的书房,二位如尚不倦,不妨请进一看。"

二人同称"好极",于是老者便叫小厮掌火,推门进去。只见靠窗

---

① 一勇之夫:有勇无谋,只凭血气做事的人。
② 聂克楷忒:即 Nick Carter(现今一般译为:尼克·卡特),美国"廉价杂志"时代的侦探小说角色,其探案故事于晚清民国时期被译介到中国,又常译作:聂卡脱、聂克卡脱、聂格卡脱。
③ 叫名:方言,在名义上。

第七章 遁隐

第二案 | 187

设着一张书桌,左首一壁图,右首两架书,向外挂着满壁刀剑。老者忙请二侦探坐,小亭便与老者在书桌前坐了。

罗侦探却向老者道:"架上的宝书,可略赐展览么?"

老者答应连声,罗探便走去看那两架的书,只见书边上都用宋体字标着书目:一架是旧书,无非是《孙吴兵法》及《练兵实纪》《临阵纪要》之类;那一架上却全是新书,什么《万国战史》咧,《枪炮大成》咧,《中外战争史》咧,大凡兵家奇籍,无一不备;还有两套西文书,一套是《克洛卜制炮法》,一套是《最新火器》;架下两箱,全是手抄本,取出一本一看,上书"枪法神书",书中说法,竟有大半不懂,而且别字连篇,想来必是口授秘诀,不堪笔达的。

老者忙走过来道:"这几本抄本,都是老朽的手笔。从前老朽在京城里,从先师王正谊①处听讲,随时笔记的。"

小亭也走了过来问道:"王正谊先生,不是绰号'小霸王',又称'单刀王五'的么?敝业师也是出他门下,如此说来,老丈是吾的师叔了。"

老者道:"岂敢岂敢?不错!令师不是绰号'幺儿'②的么?此人善通臂③之术,能于六七步外,伸手打人。他从前也曾与老朽道及,说在

---

① 王正谊(1844—1900):字子斌,祖籍河北沧州。因他拜李凤岗为师,排行第五,人称"小五子";又因他刀法纯熟,德义高尚,故人尊称他为"大刀王五"。王正谊一生行侠仗义,曾支持维新,靖赴国难,成为人人称颂的一代豪侠,位列民间广泛流传的晚清十大高手谱中,与燕子李三、霍元甲、黄飞鸿等清末著名武术家齐名。
② 幺儿:排行中最小的孩子。
③ 通臂:即长臂。猴拳中有一种"通臂拳",又称"通背拳"。它是由猿背、猿臂取势,发劲要求背、肩、肘协调伸展,以求放长击远。

苏州传了一个姓费的徒弟,并说足下器量不浅,天资聪明,将来必能将吾道传入新学界中。又蒙他说,将来吾们一派流传,只好指望足下,与小儿二人了。不料今日,乃得识荆,真是名不虚传,吾道不亡矣!"说罢,甚有感慨当世之意。

罗侦探又看了几本,又有什么《上路护院论》《弹腿法论》《内家真传》《十八件武器歌诀》之类,大半不得其解,便向老者道:"老丈如此大才,何不竟学冯妇下车①,在上海立一柔术会,教习一班子弟,一来好保存国粹,二来又好叫外人知道,吾老大帝国的老古董,并不是轻易得来的,况且当今国步艰难,一旦国家有事,尚不难借此苟延残息。"

老者抢着说道:"老朽何尝不作如此想呢?但只怕外人不知底细,目吾为拳匪,那不就要自取其殃么?还有一层,吾辈的学术,与日本的剑术大异,非一朝一夕之功所能练习的。"

罗探点头称是,便走到那边,看那兵器。只见居中挂着一把似刀非刀,似剑非剑的东西,鞘子为钢丝所编,鞘头拖着一绺头发,结成二三十个小辫子。

老者指着说道:"这是一个朋友送与小儿的,据称是从台湾土番②处取来。土番常从深林中蹿出杀人,杀一个便系一条辫子,在刀鞘上。这把刀的主人翁,算来杀过三十二个人了,你道这种番人,可怕不可怕?"说着,便将那刀抽出鞘来,霜锋闪射,血迹模糊,忽然发起老兴

---

① 冯妇,古男子名,善搏虎;冯妇下车来,重新干捉虎的事,比喻重操旧业。
② 土番:土著,土人,指世居本地的人,含轻视意。

来，对二侦探道："乘此月色乍明，待老朽献一番丑何如？"

二侦探大喜，忙称："容当拭目一观。"

于是老者捧刀出室，去了那元色马褂，只穿着一件短靠，紧一紧裤带，拍一拍胸膛，抖擞精神，舒展腿臂，定位摆一个抱瓶势，忽而仙人指路，忽而鹞子反身，又有什么抱月扫叶、探海插花种种架势。

只见他左盘右旋，腿去刀来，看的人也不知究竟是人舞刀，还是刀舞人。舞到后来，忽然跳归本位，方知他原旧是执着刀的一个人。他却心沉气和，安若无事，笑问小亭道："老骨头尚不麻木么？"

小亭赞不绝口地答道："莫说看不出刀中绕着一位半百老人，便当作是一个少年，也不能圆熟到如此。"

罗侦探也道："老丈真可谓神乎其技矣！吾不料在这繁华所在，倒得目睹神仙，真正是三生有幸。不知令郎剑术也如老丈否？"

老者道："他么？虽不及吾之圆熟，究竟工候浅些，可喜他尚能领悟，善于随机应变。他人不知的，有时竟要上他的当，只道是什么暗门功夫呢！"

罗侦探叹息道："可惜他不在目前，若得此人共事，还怕不能在世界侦探界中，独树一帜么？眼见得奸党屏迹①，大同世界就在中国了。"

老者笑道："说起侦探来，那是他的旧业了。"

罗侦探随口问道："令郎从前也曾习过这业么？在何处查过案子？"

老者道："何尝不曾？从前留学归国后，便在京师居住，因为不喜

---

① 屏迹：避匿；敛迹。

第七章 遁隱

第二案

功名出身,所以蒙某王爷很器重他,凡有疑难的案件,多来就他商议,侥幸破了几件奇案,一时声名遍传出去,连远处都来请他。那时老夫屡次写信去,教他小心,休遭冤仇,得罢手时且罢手,顺风旗儿毕竟张不到底的。可巧遇着了什么玫瑰贼,这人本领非凡,自称'盗贼'。那时鸦片烟的禁令尚不严,京中大老,大多是老枪名手。这玫瑰贼专一飞檐走壁,隐入府邸中,将血滴在烟盒里。那运气不好的,抽了几口,就呜呼哀哉。那时这玫瑰贼闹了这么一个大乱子,官府们可就急了,忙请小儿出去查他。毕竟只查出了玫瑰贼的标记,正想去访他踪迹,忽然那玫瑰贼,堂堂皇皇地,派了马车来接。这一遭,可就把老夫的魂儿急死了一半。"

小亭道:"不错,吾在去年《时事报》[①]上看见一篇小说,叫作什么《玫瑰贼》[②],不料记的竟是这段故事?"

老者道:"已有人做在书上么?现在的事,真不容易做,好也共知,恶也遍传,莫怪人家不肯出头做事了!"

罗侦探早在书架上看见一本《时事报》的全年画报,翻了一看道:"果然在这里!"

老者笑道:"罗君莫怪亵渎,你老的性度,与小儿竟出一途,一听见什么,便要查究,这真是你们侦探的本性了!且慢,这事果在那里,

[①]《时事报》:1907年12月5日在上海创刊,宣传社会改良、西方学术文化和自然科学知识。后与《舆论日报》合并为《舆论时事报》,并于1911年5月18日,更名为《时事新报》继续出版。
[②]《玫瑰贼》,标"侦探小说",署"古越陈听彝著",1908年8月14—20日(光绪三十四年七月十八至廿四日)连载于《时事报图画杂俎》第243—249号,后收录于《戊申全年画报》第十一册,标"绘图短篇小说合璧",时事报馆印行,宣统纪元(1909年)仲春出版。具体内容详见本书附录。

第七章 遁隱

待老朽看来!"说罢便抢书在手,凑着灯光去看;看了半晌,似乎不解其意,便弃去不看。

罗侦探便问道:"后来令郎见了玫瑰贼便怎样呢?"

老者皱眉道:"见面之后,玫瑰贼便劝他一番,究竟说些什么话,小儿从未细细地告诉过吾,所以不得而知。小儿因见时势不对,便避了回来,那就是他做侦探的历史了。"又道:"此刻天气不早,二位也得乏了,快请睡吧!"

二侦探见他如此说,知道他的意思,是不要人问他儿子的行踪,所以促着他们早睡,没奈何只得罢休,忙道:"不错!今晚惊扰多时了,老丈请进安寝吧!"

老者谦着,硬要送他二人进隔壁那间卧室,叫小厮照灯,走了过来,推开门,请二人进房,自己却告辞去了。

二侦探进得房来,灯光一照,只见靠墙桌上明晃晃的一把剑,倒插在桌上。

小亨万料不到如此,倒吓了一跳,诧异道:"谁插在此的?"走过去一看,只见剑插入桌处,插着一封信,便拔剑取往灯下去看。

岂知小亨一人如此注意这封信,罗侦探却毫不在意,只顾上下四面打量,忽而含笑,忽而发怒。不知的人见了,一定要道他是疯子。到后来笑得他前仰后合没有了局。

小亨奇怪道:"吾从没见你如此快活过的,今天为何只顾痴笑?你快来看,这信上写的什么东西?"

罗探道:"不必看!吾早就知道了,字面吾背不出,至于那刺客的意思,却是教吾自觉惭愧,拔剑自杀。这刺客的心术,也不免太险恶

第七章 遁隱

些！若遇他人到得此时呢，就难说了。至于吾呢，莫说这小小失败，不足为怀，便是再狼狈些的境遇，也不能毁吾的坚忍性。吾视失败，只当作是试验课，终究坚守着这百折不回的主义，矢志不变的。"

小亭大奇道："你怎么知道这信里说的意思？这刺客也奸险极了，你怎么会猜到这般清楚？请你说个明白！"

罗侦探道："这很容易明白的。那怪车一面的人，只怕吾辈捉他，他决不会自来与吾为难的。你方才离开吾时，不是在黑暗中，遇着一个人，与吾长短身材相仿的，放枪击你么？你道你本领高强，那弹子来被你避过了？哼！这弹子岂同小可？莫说你，便是英国最著名的亚丽恩①兵，也避它不得！他的意思，何尝要击你呢？他道你是吾，一心要与吾恶作剧，过意打偏了。后来知道你不是吾，他便追踪到这里。"说罢，两只眼睛便盯住在那墙角头一只破裂不堪的竹橱上。

小亭急问道："如此说来，你一定知道刺客此时往哪里去了。"

罗探笑道："刺客么，近在目前，远在天边。他躲的所在，你也万万料想不到，你也万万做不到的。你若躲在他的地位里，那声音便要同爆竹一般得响了。"

小亭追问道："现在哪里？"

罗探道："不必性急，他自来也。"

说时，忽见屋角里，灰积寸许的一只破竹橱，无缘无故，自己开起门来，从那高不及尺的小门里，蓦地里跳出一个人来，走到罗侦探

---

① 亚丽恩：疑为 Aryan（雅利安）的音译。

第七章 過隱

第二案

面前,纳头便拜。

罗侦探早已准备,忙把他双手抱住,笑道:"刺客休得无礼!"

那人低着头道:"先生若再取笑,更使吾惭无余地矣。"

罗侦探向小亭道:"吾介绍与你,吾这位好友,此人便是访拿玫瑰贼的卫君。"又向那人道:"这位是吾的好友费小亭君。"

那卫君便向小亭道:"适才在林中多多得罪,望二位先生恕罪!"

小亭仔细看时,只见他非唯身材酷似罗侦探,便是面貌,也有八分相像,怪道:"天下竟有这等稀奇的事?真是英雄识英雄,好汉敬好汉!你二人早已心心相印,又何必各人怀着鬼胎,玩这许多把戏,叫人家在鼓里睡觉,真正是恶作剧!"

卫君道:"吾的玩儿,若非罗师,便请福尔摩斯来,也猜不破。"

于是三人又谈了好一回儿,到后来卫君允许罗探,以后凡有缓急,决计出来臂助,只因老父在堂,不忍久离膝下,故不允迁出与罗、费同居。

第八章　骄客

却说那晚罗、费二探皆为心事缠绕，一夜未得安眠。

到得次日黎明时，罗侦探早已跳出床来，小亭也只得起来，问罗探道："你夜来在床上翻来覆去，敢情是没有合眼，此刻精神尚好么？吾看时候尚早，不如再睡一回，养足脑力，方可……"

罗探接口道："你听得吾在床上翻来覆去，显见得你也没睡。你自己如觉倦乏，不妨再睡。吾只要脑中有了研究的资料，便不睡也不觉困乏，从来如此，于卫生上倒也毫无妨害。但这是吾个人的特性，决不可勉强他人的。"

小亭道："吾也是如此。吾只愁你用心太过，所以动问。如今且说毕家的事吧！你有何主意？"

罗探道："吾想来想去，昨日千不该，万不该，总不该放那怪车脱逃。但是事已如此，无能为力，吾心上只代毕敬夫担忧，只怕他凶多吉少呢！"

小亭道："不错！吾也想到这层，但不知那美人，究竟与他家有甚瓜葛，一定要下此毒手？"

罗探道："今天的事，第一要访那女子的家世，第二是访敬夫与她的关系。吾看敬夫天性忠厚，绝不似寻花问柳的人，所以前日，你说你看见那怪车中,有女人去到他家,吾尚不能深信。后来见毕老无病而死,又见毕老房里,桌上的油漆脚痕,脚尖非常之小,便疑到那车中美人。只是那美人何至演此惨剧,那便要少待几时才得明白。"

正说时,卫君已进房来,笑向罗探道:"运筹握算,伤形劳神,夜来眠尚安否?"

罗、费同声道:"甚安甚安!待老伯起来时,望代言致谢,吾等想就要告别了。"

卫君道:"岂有枵腹①送客之理?若为事忙,待吾替你预备早饭来。"说罢,便飞跑进去。

不多一会,便见一个小厮端出两盆脸水来。二人盥沐未毕,又见早饭已搬了出来。三人同坐,饱食一顿。

吃完之后,二侦探因查案要紧,急忙站起告别。卫君送二人到门外,指明路径,握手而别。

临行时,罗探尚叮咛道:"到那时恭候拔刀相助,千万勿却!"

卫君应诺,二人便一直从小路走去,约有五里之遥,便到了曹家渡。不多一刻,便见电车来了,二人跳上电车。此时二等车中尚无人坐,二人拾了座儿。

罗探在座旁拾起一张《泰晤士报》来,一看是当日的,便翻阅当日的新闻栏,只见有一条记着毕买办的事,罗探念与小亭听道:

---

① 枵腹:空腹。

第八章 骄客

毕剑秋道台①,为上海商业界中最重要人物,忽于某日暴卒。上海商界大受影响,其所开裕沪银行,有倒闭之消息,各债户纷纷向该行追索存款。幸行中经济充裕,故商人尚无大恐慌之现象。此事寓沪西人,十分注意,盖吾西人对于现在之中国,信任其人民,过于信任其政府。况毕君所设之银行,资本甚巨,与政府所设者大异,不幸去世,不免为中国商界叹息!

闻毕君之死,并无疾病,当晚尚与某洋行主人客利及维廉二君观剧,归后无故身死,疑团莫解。闻中国著名侦探罗师福君,昨日曾造其寓,不知是否为此。记者甚愿罗君有以解决之也。

读毕,便向小亭道:"尚好!尚好!那怪车的事尚未被他探悉,不然那福尔登见了,非但妒忌,还要多一番热讽冷嘲哩!"

此时电车已到了泥城桥,二人急忙下车,步行归寓。

各人到写字台前坐下,看案上搁着的来信,随手复了几封,又记了日记。

忽闻门前铃响,便唤仆人开门。门启后,便见福尔登喷着淡芭菇②,大摇大摆而来。

照常问过"早安",罗探只管记账,并不睬他。他却走到安乐椅前坐了,抽着烟斗中的余烟,紧闭双目,细品那烟味。原来这福君烟癖

---

① 道台:清时道员的别称。
② 淡芭菇:一种烟草,也作"淡巴菰""淡巴姑"等,为印第安语tobago的音译,英语为tobacco。这里指燃烧烟草时产生的烟雾。

202 | 中国侦探：罗师福

甚奇，不论哪一种烟，他都喜抽，而且他抽烟时，不作兴①有一点糟蹋。一斗烟，人家最多抽三刻钟，他却无论如何总要抽一个半钟头。敲斗时，只许有灰，不许有一些烟屑。这就是他的绝技了。

却说他那斗烟将近抽完时，罗侦探的账已写好了，便将那自动椅旋转来，向福尔登道："恕吾简亵②，公事这样忙，怎凭早见访，有何赐教？"

福尔登忽而笑道："穀旦姆！吾告诉你一个笑话，你愿听么？"

罗侦探早知道狗嘴里掉不出象牙来，不免又要奚落中国人了，便先向小亭道："那车中美人的历史，烦你就去一访，吾们傍晚再会吧！"吩咐已毕，便向福尔登道："当得洗耳恭听！"

福尔登道："昨日，穀旦姆！吾与一位敝国新到的朋友，一同进城，去拜一位乡绅，他的姓氏，恕吾不说了，说也无益。吾们到了那里，蒙他请到里面小花厅去坐。吾们谈了一回，他忽然叫管家取出一瓶巴得温酒③来，递给吾，却不给吾酒杯，穀旦姆，倒也罢了！忽然那管家把一个剥了壳的什么京里皮蛋，托在他那与吾烟斗一般颜色的手心里，那主人便叫吾与吾那朋友吃。吾们见了这样，已经胃中要作呕了，不料他见吾们不吃，还道是对他客气——客气，是你们贵国人的特性，而且只是假意——他便捋起那破布似的袖子，伸出一只小指头来。那指甲便有七八寸长，颜色深黄，内中藏着传染病的微生虫，不

---

① 作兴：指习惯或情理上允许。
② 简亵：怠慢不恭；轻慢。
③ 巴得温酒：这里应指波特酒（Port Wine），世界最著名的甜型强化葡萄酒之一。

知有几千万呢！你道他伸出那指甲来做什么？"说罢，笑得前仰后合。

罗探低着头，并不回答。

他便接着说道："榖旦姆！他竟将那污秽的长指爪，当作刀子用，去切那龌龊不堪的皮蛋，切开了，送给吾与吾那朋友各人半个，叫吾们吃。罗君，你想吾们素重卫生的，盎格鲁-撒逊人种，见了这种东西，哪里咽得下喉？吾们当时不好意思辜负他的好意，吾只得先把帕子包了起来，吾那朋友也照样包了。别了他之后，吾带到家里，将来丢给吾那立泼（犬名）吃，哈哈，榖旦姆！你们中国人吃的东西，吾们西国的狗也都嗅了一嗅，深怕害了病，不敢吃，你道吾那狗灵不灵？"

罗侦探正色道："中国人真不如狗！吾只可惜你自命属于人类的，也不怕亵渎了自己，到这不如狗的地方来，与吾这不如狗的讲话。福君，你也不免太文明了些，亏你说出这种话来！"说毕，移转那自动椅，靠着写字台办他的事。

福尔登见罗侦探认起真来，便默然不语，只当不知，敲干净了烟斗，再足足实实地装了一筒，点火照旧抽着出神，那两只鼠儿似的眼睛，呆对着地板，开时便如恶徒醉酒，闭时却如老僧入定。如此约有一刻多钟，忽然唤道："罗君，你查那毕家的案，查得怎么样了？"

原来此时罗侦探正在写字桌前，检验昨日在怪车前拾着的抽剩烟卷儿，看了又看，嗅了又嗅，又用铅笔照那烟头上的指纹痕儿，画在日记簿上。忽听得福警长问他，便道："毕家的案子么？那还没有什么把握，你且走过来，看这烟卷是哪里制的？"

福尔登便走了过来，笑道："榖旦姆！你又来捣什么鬼了？你又不

第八章 骄客

抽什么纸烟,你去管它做什么?"看过了烟,又道:"这烟是美国的种,却是在日本制的。你看这纸,不是日本的么?"

罗侦探道:"吾也如此想,但不知是什么牌子。"

福尔登正待开口,突然电铃声响,罗侦探便走到屋角里,取了那德律风①听话管听了,道:"你是哪个?"

电话道:"吾是黄子辉,便是毕公馆里的账房,你是罗君么?"

罗侦探道:"吾正是罗某,你有什么事见教?"

电话道:"请你立刻便到毕公馆来,吾在这里恭候!"

罗侦探看了看时计,便答应道:"遵命!就来了!"说罢,摇了一摇铃,仍旧走过来问福尔登道:"你可知道黄子辉邀吾做什么?"

福尔登道:"不知道!吾看这人奸猾得很,他叫你去,或者是关照你毕家的事,不必再查了。"

罗侦探道:"毕家门前,尚有一乘奇形怪状的车子来往,你可知道过么?"

福尔登道:"你说的不是那绿色灯的车子么?"

罗侦探道:"正是!你知道这车的来历么?"

福尔登道:"怎么不知?据巡捕报告道,这车是从王家库来的,幸亏那车中并不是中国人,所以吾也不十分注意。你问那车则甚?"

罗侦探道:"吾烦你替吾调查这车的主人翁,究竟是谁,住在王家库第几号门牌,你可办得到么?"

---

① 德律风:即电话,英语 telephone 的音译。

福尔登道:"容易,容易。吾回捕房一查便知,你要吾什么时候回复你?"

罗侦探道:"愈早愈妙!能于午后告诉吾最好!"

福尔登道:"那么你下午到吾寓里来如何?"

罗侦探道:"甚好!甚好!"说罢,叫了仆人来,吩咐他发了几封信,又将写字台略略整齐了一回,便同着福尔登出门而去。

第九章　验屋

话说罗侦探送了福尔登去后，便独自到毕公馆去，只见里面景象，与昨日大不相同：满屋扎着白色彩球，出出进进的人全穿着白衣衫；中间大厅上，十几个和尚在那里拜《梁王忏》①，喊得震天价响；天井里边有两桌和尚，在那里敲着木鱼念经；有一班小孩子们，哄在和尚旁边，嘻嘻哈哈地乱混；其余的人，一概带着忧容。

再看账房门前天井里，五六个木匠，在那里钩棺材板，做得十分忙碌，便想到他们一班醉心名利的人，到头来只博得这么一个结果，眼见得金钱功名，无非全是泡影，这劳什里，何曾带得进去呢？

罗侦探却一直走进账房，只见里面挤着十几个人，也有打算盘的，也有发点心筹的，也有纷纷讲论的，也有闲着抽水烟的，却不见有黄账房。

罗侦探向各人点了点头，说明了来历，便有一个少年领了他，从里面一扇门走进去，一拐弯，便是一个花厅。

---

① 《梁王忏》：又称《梁皇忏》《梁武忏》，相传南朝梁武帝初为雍州刺史时，夫人郗氏性嫉妒，旋病死。梁武帝忏悔皇后罪业，命法师撰集经文，集录佛经语句，作成忏法十卷，世称《慈悲道场忏法》。这里代指佛经。

第九章　验屋

黄子辉早已迎了过来，请罗侦探升炕坐了，又招呼了管家泡茶，自己亲自捧过一碟各色的雪茄烟纸烟来，请罗侦探抽。

罗侦探此时一味地留心看黄子辉神色，只见他哭丧着脸，腮间泪痕未干，眉头紧皱，胡须高竖，还只是假堆着笑脸来殷勤他，说道："本不敢劳驾，怎奈祸不单行，老东翁过世之后，不料少东又不见了，自昨晚出门后，至今尚未回来。"

罗侦探诧异道："怎么？昨夜便不见么？为什么事出去的？还有一层，贵处的风俗，带着重丧，父死未殡，便作兴出门么？"

黄子辉道："怎么不是？吾们的风俗，也不能重丧里带麻出门的。吾们少东的古怪性儿，料尊驾已知道了，便是昨夜出门时，家里何尝有人知道呢？"

罗侦探道："如此说来，他竟是私行出去的了？吾想他尊夫人总该知道。"

黄子辉道："讲到他夫人，你难道不知道么？他们夫妇间，面子上一向相敬如宾。据仆妇们说，他们只如朋友，不像夫妇。内情吾们虽则不得而知，但是吾听他媳妇说，他昨晚并未说起出门那句话，吾料必是真的，因为这人无论干什么事，从不兴同人商量，便是他父亲在时，也拗他不过的。"

罗侦探道："他出门以前在哪里，总该有人知道。"

黄子辉道："他未出去以前，据他们说在书房里。"

罗侦探道："那么吾们且到书房里去看来。但是一样，阁下昨日既请福尔登警长，今日何不仍请他一手经理呢？"

黄账房道："是呀！但只怕请他时所费不赀，那就要辜负吾老东翁委托一番的盛意了。"说时便站起来,要请罗侦探到书房里去,两只眼睛却留心看着罗侦探的神色。

于是二人出得花厅,从右首一扇秋叶式门走出,转到账房对门书房门前来。

黄师爷一看,那门兀自锁着,便唤了一个公子身边的小厮,叫他开门。

小厮摇头,答称:"这门上的锁,只有一个钥匙,是前礼拜,少爷买回来,叫铜匠装配的。此刻钥匙,想必是少爷带在身上,叫人家怎么开呢?"

黄师爷道:"你且到里面去问少奶,可有这个钥匙?"

小厮道:"唯有这一个钥匙,少爷这几日来,不作兴不带在身边的。前天少爷也是出去了,吾要扫地去,问少奶讨钥匙,给碰了个钉子。此刻吾不敢去了。"

黄师爷竖起了眉头骂道:"多什么嘴?狗奴才,还不给吾去问去?"

小厮也扳着脸,回嘴道:"师爷,你侄少爷给走失了,闹了这一清早的怨气,难道老爷过世了,吾们就该看你师爷的脸么?老实说,吾们也不相上下,大家吃着主儿的饭,吾奴才要卷铺盖,你师爷也总有这个日子的。钥匙是永世没有的了,你要开门,等少爷回来就是了。"

黄师爷怒不可遏,抢上一步,狠狠地打了那小厮一个嘴巴,那小厮回敬就是一脚。

罗侦探眼快,一看那脚,正对着黄师爷的小腹上跟来,敢情是要送他老命的,急忙将黄师爷向后一拉,总算避过一腿。

那小厮见一腿跟不着,孩子气发作,号啕大哭起来,哭着喊道:

第九章 验屋

"主人给你骂死了,你想造反么?你休妄想了!吾们一个都不服你的呀!"

罗侦探见争得不像样,旁边看热闹的又闹得多了,便劝住了黄师爷。岂知黄师爷尚不肯甘休,涨红着老脸,嘴里"王八羔子"地乱骂,眼睛四面看人,要望仆役人中,有人出来,替那小厮赔礼。不料骂了半天,人家多为他平日刁嚣,一个都不出来代他落场,一只手又被罗侦探牵住,不得动弹,急得他狂吼如雷,骂得更毒了。

罗侦探见此光景,只得开口叫旁边的人把小厮拖了出去,自己又向黄子辉道:"兄弟还有些要事,不能久候了。"说着便反身要走。

黄子辉不放,只才息了怒,长叹一声道:"如今既无钥匙,不如且到花厅上去请坐,还有要事相求呢!"

罗侦探看旁人多已走开,便道:"钥匙可以不必,吾且将吾的钥匙来一试何如?"

子辉也道:"甚好!但只怕他的锁簧与人不同。"

罗探便从怀中掏出一个百合钥匙来。原来那百合钥匙,是一个钥匙带着七个头的。这七个头,也有直的,也有曲的,也有月形的,也有钩式的,而且内中藏着弹簧螺丝,要大要小,变长变短,皆可随意旋转,自然百合。只是用的人也须熟手,若叫说书的去开时,至少也得一日半天的工夫,还不保合不合呢!你想他们用这东西的,无非是侦探及窃贼两等人,哪里好耽搁这多大工夫?所以凡百样神妙不测的巧事,无非是辛苦习练得来的。

却说当时罗侦探拿百合钥匙在手,只旋了一旋,将那头塞进孔去,"咔嗒"一声,那锁便应手地开了,随手推进门去,倒把黄老儿吓了一跳。

因为罗探手快,黄老儿并没瞧见他那劳什子,如今见门忽然无端自开,便呆了一回,又现出一种惊惶的神色来,问道:"你怎——怎——怎样开的?难道他并没有锁么?"

罗侦探并不回答,把房门关好,自己一意留心看书房里的布置。只见左壁上有一扇窗,窗外便是弄堂,对窗一张西式写字台,摆在房的正中。对窗靠壁,摆着两橱西书,中国书却一本都没有。——那是圣彼得学生的普通缺点,大家都视国粹为废物的,倒也不足为怪。

罗侦探最注意的,是靠弄堂的那扇窗,先走到窗前,看窗下一张杌子①,仔细看了两遍,便也站到杌子上,扶着窗栏,又看了窗口的板一看,便向黄老儿道:"这窗上的钩儿,没有钩好,这窗是常开的么?"

黄师爷道:"那窗不过用以透光,并不常开的。"

罗侦探一时开了窗,向外一看,便给关了,跳下杌来,走到写字台前,问黄师爷道:"这书桌上的东西,可以动得么?"

黄师爷点头许可,罗侦探先在桌边看了一回,举凡笔墨纸砚,无一不细细过了目。黄师爷对面坐着,甚是不解。后来又将抽屉一只一只地开看,并无可怪之物。

最后开到一只抽屉,那只却是暗锁的,一时寻不着钥匙孔儿,便想到在苏州查案时黄顺利的那张桌子,制法比这张精密十倍,吾还将它开了,如今岂有反开不开的道理?向旁边一看,果然也有一个暗钮,

---

① 杌子:没有靠背的小凳子。

伸手将那暗钮摇动，只一摇那抽屉内自有弹簧将抽屉弹出来。

抽屉里面分作三格：一格里全是肖像，一格里全是旧信，一格里却是两本日记，旁边放着许多字纸，一看都是些英文的窗稿①，便丢在一边。

再看日记时，一本是去年的，丢开不顾，却把那本今年的翻开，铺在桌上，从昨日起，倒向前看去，只见里面的字，既不是英文，又不是法文。

罗侦探自思："无论何国文字，凡用这拼法的，吾都认得。如今这日记竟不知是什么国文，连吾都不识了。"便不管三七二十一，一张张地向前翻去。翻到五日以前，啊呀！这不是英文么？细细看去，只见内中有道：

彼美归来矣，已使吾喜无极，而尤可喜者，为今日初见其启齿而笑，此吾自有生以来所未曾见者。吾因彼不笑之故，曩已屡劝之，更设种种法以诱之，竟无法诱其笑。吾尝忧其妨碍卫生，今此忧可解矣！

（以下全是不解之文……）

罗侦探便从桌上取过一支铅笔、一张废纸来，将那第一句不解的

---

① 窗稿：旧称私塾中学生习作的诗文。

第九章 验尸

文字照抄下来。抄完了，读了又读，看了又看，约莫有五分钟的工夫，忽而恍然大悟，喜得他在椅上直跳起来道："果然不出吾所料，这法儿倒也巧极！"

看官，试猜吾们这位罗大侦探说的究竟是怎么一个法儿？

原来那日记上的不解之文，正是英文！只因每一字将拼法倒调，看一个字，须将拼母倒拼上去，方是正字。粗心的人，还只道并不是英文，不懂便丢下不看了。

岂知罗侦探的忍耐心最厉害，据他自己说，他向来见算学最怕，遇着了难题目，头都摇得掉的。只是他素心如此，一遇见了一件不得解决的事，不论如何艰难，终要耐着性儿去想，直到解决了，才肯罢休。有时算到极难的题目，日里算不出，晚上终不肯睡。

那时在美国时，与两个同窗的中国人同居，他演算法演到半夜里，同窗们恐他伤精神，硬捉他睡。他不肯时，他们将火都给吹熄，他无法，只得睡。岂知睡了之后，梦中兀是算那未答的问题，偶然梦中得着答数，便立刻从床上跳起来，点了火，将梦中发明的法儿，演绎出来，这才肯安安顿顿地再睡。

这便是罗侦探的一段轶事，可见有此特性，方得成罗师福。看官们，你吾可不加勉么？

却说罗侦探查出那倒拼法之后，便从适才抄处，一日一日地顺看下去。读时忽而含笑，忽而正容，直到看完昨日的，方合拢了书。闭着眼睛，想了一想，复又睁开，向黄师爷道："阁下的意思，令甥出去，是什么意思？吾看与阁下似乎有些关系。"

黄师爷闻言大惊，顿时面如土色，勉强辩道："何以见得与吾有关系呢？他出门时，也并没来关照吾一声，怎么会与吾有起关系来呢？"

罗侦探假意道："何必如此？明人不做暗事，阁下何不直说？吾们一同想个完妙方法才好！"

黄师爷听了这话，再看罗侦探满面笑容，料想必是要他破钞①，便道："这事只须办妥，银子倒一千二千都不要紧的。虽则东翁素重节俭，但是事已如此，也只得通融了，望月翁原谅才好！"

他说这话，原是两面俱照到的，又像是打着面子上的官话，又像是为他自己的私事，看官便要问，是怎么一件的私事呢？待吾随后慢慢地道来，此刻决不可一言道破，那是吾们做侦探小说的定例，说书的一个人也无力违背这条例的②。

---

① 破钞：为应酬而支出金钱。
② 《罗师福》第二案原刊连载至此，便暂时告一段落，时有编辑人语："第九章完，其第十章，稿未寄到，不得不暂停数日，而以短篇小说，权为替代。阅者量之！"但第九章之后的内容却至今未见，故今整理至此，还望读者海涵！

附录

玫瑰贼

古越陈听彝 著

一日都中某大员以暴疾死，明日其夫人死，又明日，其长次二公子相继死，家人惊若狂。事传于都之市，都人惊若狂；声遍于国之野，国人惊若狂。

于是府尹恐，责县令；县令怨，责吏胥。吏胥怒，尽捕都之鸡鸣狗盗者，禁之以缧绁①；不服，则施之以桎梏；更不服，则继之以棰楚②。而都之鸡鸣狗盗者，多死于杖下，而某家疑案卒不显。于是大员之戚某，以某名探进。

某名探者，性任侠，勇而多谋，鄙事无不能。少游于英，卒业于某某大学校，更游法游俄游日，各以其文凭相赠。文凭积累寸，而某好学如故也。朝士闻其贤，召之归，授以职，辞不受，然有司以疑狱就访者，咸各得遂其志。于是积年枉狱，一旦剖白，官与民咸感，歌颂之声几遍国。自某家案出，都人士争呼曰："非某探不办也！"共荐之于某员之戚。

---

① 缧绁：捆绑犯人的绳索，引申为牢狱。
② 棰楚：指鞭杖之类的刑具。亦以称鞭杖之刑。

探至其家，登堂入室，以次验死者，则周身紫肿，爪牙尽黑如炭，状似毒蛇之啮，而身无寸伤。探索囊出一器，似笔而扁，以置死者唇齿间，移时取出视之，面色亦渐紫，几类死者。家人惧，疾避去。探则默然如故，复以似笔之器置死者口，复出谛视，忽狂呼曰："鸦片之毒！鸦片之毒！"

　　然大员素荣显，又以知遇羡于时，其夫人、公子亦持梁齿肥①，极家庭之乐趣。大员苟为朝政死，则夫人、公子不必以身殉；夫人苟为争宠死，则公子不必以身殉。如是则若大员若夫人、公子，皆不至仰烟以自尽；不自尽，则烟之毒何得忽及于大员、夫人、公子？

　　户外闻探言，疑焉莫信，争叱探言之妄。探大窘，慰众曰："无之，请检夫贵人之烟榻，余言诚否当立辨。"众曰："诺！"

　　众导探临烟室，则碧纱橱中，氤氲团结，惨寒可怖。橱前有几二，各置煤油灯一，灯昼夜长明，永不熄灭。此时灯油将罄，火光如豆，室中窗户严闭，幽暗如鬼域。婢仆数辈，唧唧私语曰："大员常以人血赤其顶，夫人、公子驳下苛酷，侪辈被虐而亡者，踵接于黄泉之道，此殆鬼祟乎？"于是室中人目线交注于侦探之身，寂然久之。

　　探则大呼速启牖，众如命。牖启，觉一团秽气，自橱内盘旋而出。众噪曰："冤魂！冤魂！"而气团渐澎湃而出牖，即有人狂唤："速以纸镪②来，否则魂不散，而祸且更烈！"

---

① 持梁齿肥：形容享受美食佳肴。
② 纸镪：成串的纸钱。

探立止群吠趋橱，排扉而入。视烟榻，无他异；视烟枪①，无他异；历视种种烟具，更无他异。孑然若丧，坐榻隅，以一手抵颏，若有所思；一手托烟盂，注审久之，置鼻下嗅若狸奴②之寻鼠，闭目若寐。忽跃然起，仆地蹲若犬，谛视榻下。良久，复跃起曰："得之矣，得之矣。"口虽出得意之声，而目光之狰狞，则与半点钟前几判若二人。众问曰："得鬼物乎？"探默然，瞳中双光线闪闪注众人。众惧，探更呼曰："得之矣，得之矣。"众战然股栗，探则环视室中人，自大员戚某外，若姬妾，若僮婢，无一不为探目中所发之电光所迷，一室人仿佛尽陷入催眠状态。

探下令，驱众出扃户，而独止大员之戚某于橱中，询之曰："大员之宠妾，非公之女兄弟乎？"某曰："然！"其声迟而衰，面上五色毕呈，身瑟瑟不能自持。

探又问曰："公非大员未达时之僮侍乎？何运之佳也！"

某曰："诺！"言时泪贯然下，首渐下俯，若不敢仰视侦探者。

探曰："无恐，仆③决不冤杀人，仆尚有所求于公，请倾公所知者破吾迷，或亦无损于公欤！"

某曰："然！然仆隐事，舍吾恩主夫妇及吾女弟外，此世殆无知之者，先生何由知之？先生殆仙欤？仙其为吾秘之至，刍荛④之献，敢不尽力？"

---

① 烟枪：吸食鸦片烟的用具。多用竹管制成，其底端套有烟斗。
② 狸奴：猫的别名。
③ 仆：旧谦称"我"。
④ 刍荛：谦辞，在向别人提供意见时把自己比作草野鄙陋之人。

探曰:"大员政声何如?有死仇否?"言至此,遽呼曰:"咄!此何物?此何物?"

某惊甚,视探光线所注处,则烟盘之下,恍惚有白色物,间以金光,鲜艳如美术画,俯视则金色者有若剑形,乃不待探言,遽攫取而视。探亦视,且以双手接纸,摩挲良久。忽起立,趋至窗前,以纸向外光照视片刻,忽笑曰:"异哉!利剑旁乃有此肥而且美之玫瑰花。"

某览之果然,问探于意云何。探不答,纳纸于怀,以两手互相摩擦,吉莫①靴亦咯咯响不绝,旋顿足曰:"几入讹径,几入讹径。"

于是探辞戚某出,频行。某犹叮咛曰:"诚勿泄吾秘!"探颔之。

探抵家,察时计,已将酉正,天色渐暗,室中电灯烁然自明。探鸣壁间铃,唤饭。饭至,匆匆食毕,复出怀中纸,转辗审视,更取显微镜照之,仍无所解,踌躇之态形于颜色。侍者悚于主人之怒容,失手坠杯盘,肴羹溅及探之足。探尸坐如故,若不觉者。侍者扫残羹,见席旁有片纸,诧曰:"今日邮佣未投书,此书何由而来者?"

探闻言,宛如针刺耳鼓,忧梦骤醒,诏侍者曰:"书乎?取之来!"侍者呈书,探急剖其裹,几碎纸。书既出,其词曰:

某君电:

　　君知杀四命者谁欤?是余也!余体上苍好生之德,手刃此四人,以警来者。虽同罪异罚,固难慰夫人情,而惩一警百,亦无

---

① 吉莫:皮革名。

玫瑰贼

伤夫天道。足下爱玫瑰花,不忍释手,如肯惠然顾吾,则当以鲜花奉献。意君亦好男儿,当不至恶作剧。辛正一刻,有马车过门前者,请乘之来,于足下好奇之心,亦不无小补欤!

玫瑰仙主言

探读之再四,自念曰:"此人神通强余百倍,且余检视玫瑰花,才霎时间事耳,即在某家,目睹余玩此者,亦唯某戚一人而已,某戚诚默而寡言,余初疑而终信之,与此人绝无关系之理。然则所谓爱花不忍释手者,必顷间在此室中事无疑。可怖哉!可敬哉!余游列国见亡命多矣,未有若此人者。虽然,此人之目的究何在?所谓'好生之德'又何谓?则余百思而不得其解者也。"

寻自问曰:"行乎?不行且示怯,行则又不能施余平日之故技。书中所谓'恶作剧'者,已言之于预矣。然则余之假面、衣筐,今日已作冬日之扇矣。噫!'既生瑜,何生亮?'古人固有先吾而慨者矣!"

思毕,启壁间橱,出小手枪一,枪式甚小,若儿童游具中物,镁光灿烂可爱,握之几忘其为凶器者,然一发辄立毙数人,无烟亦无声息。探视之如秘宝,居常不肯轻试之。今日身临劲敌,故不得已挟此以自虞。

探既笼枪于袖中,出时计一览曰:"时至矣,彼车如果来,当在门外矣。"言毕,携一小囊出门。此时行人稀少,街间电灯放青色光,与脑中愁懑凄凉之想相吸,仿佛发出一种寒气,遂使胆略雄壮之名侦探,一旦领略惶怖之景味,口不言而自动,足不步而自战,目光灼灼,直射街前电杆。正呆倚门前,忽闻蹄声嘚嘚,自西街来,闪闪如毒蛇之目者，车前之电灯也。车临门前，愈近愈迟，御夫见探，询曰："某名探者，非君也耶？盍登车，主人已久待矣。"探遂一跃而登。车中六合无隙，伸手不辨五指。探无奈，只得静坐以待，不及半时，觉车轮乍止。御夫启门，导探出。时则月色无光，三五小星，乍明乍暗，街间亦无电灯，凄寒之景，盖有过于前矣。

才下车，即闻有声曰："来乎？"御夫曰："然！"探出囊中灯一晃，见对立者全身黑服，较己稍短而瘦，见火光即语探曰："无恐！吾毋尔欺，尔亦毋吾虞！盍随吾来？"探遂尾之行。

抵一家，启户，觉万道火光自内射出，不禁瞬为之转。凝神直入，既升堂，导者曰："客少坐，玫瑰仙来矣！"言罢，复自语曰："玫瑰仙尚不出耶？贵客临门矣！"即闻有声自空中答曰："来也！"

客愕然四顾，除己与导者外，更无只影，诧以为妖，索袖中手枪，已不翼而飞，惊汗如雨。导者察其意，乃曰："客爱玫瑰花，盍趋廊下一观？"遂挽探手牵至廊下，手指口讲，示客以种种盆栽树种，且曰："玫瑰仙与公同好，终年此花不绝于室，此时秋虫蛰伏，正桂黄菊萌之时，市间欲睹此花，虽千金莫办焉，而玫瑰仙精电术，善以电光……"

言至此，即闻堂上有人言："菊哥速延客入，渴想煞人矣。"探跨入，见主人服西服，身长亦与己相埒，相见之下，行鞠躬礼。客坐，主人亦坐。

客曰："玫瑰仙即君乎？"曰："然！君非肄业于英伦某某大学校者耶？久阔矣。顷间留东，已邀青睐乎？"探诺之，且曰："君神技殊令人拜倒，然杀人警人，是又何说？"主人曰："客毋躁！少坐，当自明。且客以侦探术名于世，何得以防身要器委之草芥中？"言毕，即出探所

遗手枪授探,又曰:"此君珍物,然于吾室中殊不合用,盍一试之?"

探视己物,子弹如故,向外一拨,子堕地射不及尺,大惭,乃谢主人曰:"仆知愧矣!然君犯杀人之罪,犹言无损于天道,请一破茅塞!"

玫瑰仙视探良久,愁然曰:"曩仆以君为达人,乃今以杀人罪相谤,殊无以餍吾志,然是亦良佳。杀人者为盗贼,君竟以'玫瑰贼'呼吾可耳?且吾所杀者为何如人耶?是社会之盗贼,亦世界之盗贼也!杀之犹有余辜。然吾之所以杀之者,尚不至此!"言毕,探囊出一器授探,语之曰:"吾杀人之器即此!"

探视之,状如花瓶,质似银而明可鉴。瓶口有血痕,莫辨何物,问主人,主人曰:"是血也!即此一瓶血,滴遍天下烟盂中,杀千万人有余矣。然吾为解毒计,伤少数之生所不顾也。"探曰:"初吾亦疑矣,今果然。然君何不杀他人,而独杀某大员?愿闻其详!"主人曰:"诺!"

无何,前导探入者捧盆花至,语主人曰:"此盆最佳,除兹无当意者。"主人接献客,客辞不敢受,主人坚请曰:"携此为吾作纪念于世,且君所询者,吾请即花以解之。"

"玫瑰花盛放于春夏之交,逾此时即不见于世,然吾于电光代日光曝之,以矿质代土质滋之,故吾花得独存。此花既为吾有,断不容其枯萎以死。枯萎以死,则吾蓄花者之过也,非他人之过也,为政亦此道耳!且彼入则姬妾侍于前,出则舆徒[①]拥于后。国之贵之富之者,为

[①] 舆徒:车马徒众。

其惠民耳。不惠民,过矣!乃者某大员非不惠民而已也,尝设禁烟之严令,坐视吏胥虎狼其民而不知惩。不得已而为此可也,乃竟深匿秘室麀聚①所谓夫人、公子者,互竞阿芙蓉②之量。立法而自敝之,呜!是可赦,孰不可赦?故余杀之,杀之犹恐不悟于世也,故留花于席间,以明不自隐。不期见此者,正吾日夕梦想之大侦探,则余又何幸如之。大侦探乎,其为吾告世人,勿以吾为亡命不逞也可。"

探闻言,竟起立曰:"谢主人!请从此别!"遂携盆花而出,乘来车归,时则时计"叮叮"报十点矣。入室倒卧床上,自言曰:"甚矣!此世之不足以行道也!吾将从玫瑰仙隐。"

明日,大员家以案情询探,探谢不敏,并以其故诏大员之戚某。

又明日,朝士征侦探,侦探已亡;捕玫瑰贼,亦失所在。

事闻于都之市,都之人悚然惧;浸假③而传于国之野,国之人悚然惧;浸假而遍于世界,世界之人悚然惧。

于是世界永绝阿芙蓉之毒氛,诸佛菩萨皆大欢喜,争颂玫瑰仙之功不息。

---

① 麀聚:父子俩共同亵弄一位女子。
② 阿芙蓉:即鸦片。
③ 浸假:逐渐。

编后记

  1896年9月27日—10月27日（光绪二十二年八月二十一日至九月二十一日），晚清维新派报刊《时务报》第六册至第九册连载了由张坤德翻译的侦探小说《英包探勘盗密约案》（标"译歇洛克呵尔唔斯笔记"），即"福尔摩斯探案"中的《海军协定》（The Naval Treaty），由此便正式拉开了西方侦探小说进入中国的大幕。

  随后，作为"新小说"之一的侦探小说，让中国人见识到了其与中国古典公案小说的不同之处。到了民国初年，更有《新闻报》副刊《快活林》举办"夺标会"，征集中国作家创作的侦探小说，程小青（1893—1976）先生便借此创作了"霍桑探案"系列首篇《灯光人影》（当时所有参赛征文均以此为题，且程小青笔下的侦探姓名实为"霍森"）。

  如果说，"霍桑"是民国版的"东方福尔摩斯"的话，那么，在此之前就已经出现了晚清版的"东方福尔摩斯"，那就是南风亭长《中国侦探：罗师福》中的主人公——罗师福。

  《罗师福》，题"中国侦探"，署"南风亭长著"，原载于上海环球社《图画日报》第1—154号，1909年8月16日（宣统元年七月初一）开始连载第一案第一章，1910年1月16日（宣统元年十二月初六）连载至第二案第九章后，便宣布暂时告一段落，时有编辑人语："第九章完，其第十章，稿未寄到，不得不暂停数日，而以短篇小说，权为替代。阅者量之！"但第九章之后的内容却至今未见。

据说《罗师福》还曾出版过单行本，洋装一册，计洋贰角，但似乎也没有藏书家和晚清小说研究者亲眼见过，不知此所谓单行本是否真正刊行过？共计刊行多少案多少章，是否较连载版完全？

至于"南风亭长"又是何许人也，目前知之甚少，只知道其为上海环球社部员，生平却不详。我曾试着在故纸堆中寻觅蛛丝马迹，奈何收效甚微。

目前，在民国时期评论侦探小说的文献中，我只看到一篇提及了《罗师福》，即1926年3月14日民国侦探评论家兼小说家朱翀（代表作《杨芷芳探案》）发表于《紫罗兰》第一卷第七号上的《谈谈侦探小说家的作品》。文章开篇即道：

> 我初次见的侦探小说，是刊在《图画日报》上，"南亭亭长李伯元"先生撰的《罗斯福·第一案》。在现在看来，固然已不合潮流。但我那时正瞧着那《七侠五义》等浪漫派的小说，见了这案结构循环，花样别开，很足引起读书兴趣，心中十分服膺。但李先生天不假年，现已久归道山，不能使我辈后生，多饱眼福，心中常觉怅怅。

可能是时隔多年的缘故，朱先生在回忆时把小说篇名《罗师福》误记成了《罗斯福》，还把作者"南风亭长"错记成了大名鼎鼎的"南亭亭长李伯元"（日本清末小说研究者樽本照雄先生认为，南亭亭长是李伯元和欧阳钜源的共同笔名）。尤其后者，虽只一字之差，但相去甚远。不过，从文中也能明显看出，《罗师福》还是给当时从没接触过侦探小说的朱先生，留下了比较深刻的印象。

此外，我又在"全国报刊索引"发现三篇作者署名"南风亭长"的小说，不过都不是侦探小说：

《官公司》，标"时事短篇"，1909年10月30日，《旅客》第2卷第41期；

《西中先生传》，标"纪事小说"，1909年12月23日，《中西日报》附章"杂录"栏，后于1910年被《广益丛报》第222期转载，未标作者；

《遗传毒》，标"短篇实事"，1910年1月11日，《十日小说》（环球社编辑兼发行）第十一册。

到目前为止，南风亭长小说的发表时间，基本都集中在1909—1910年之间。而我在晚清民国文献中最后一次看到"南风亭长"这个名字，则是在1911年6月2日的《申报》上。

当时该报《青年会演剧助赈志盛》介绍"中国青年会"演戏助赈盛况时曾提及："许少甫、**南风亭长**、张廷荣、林步瀛、张尔云诸君合演之《哀鸿泪》一剧，座客为之惨然下泪……"

也不知这位会演剧的"南风亭长"和之前擅写小说的那位"南风亭长"，是否为同一人？线索似乎也就到此为止了……

不过，后来我在整理《罗师福》时却有一个有趣的发现。

《罗师福》第二案第七章《遇隐》(《图画日报》第136号) 中曾提到一篇发表在《时事报》上的侦探小说《玫瑰贼》。我原以为这只不过是作者的杜撰，没想到一查之下却发现真有此篇：

《玫瑰贼》，标"侦探小说"，署"古越陈听彝著"，1908年8月14—20日（光绪三十四年七月十八至廿四日）连载于《时事报图画杂俎》第243—249号，后收录于《戊申全年画报》第十一册，标"绘图短篇小说合璧"，时事报馆印行，宣统纪元（1909年）仲春出版。

所以，我索性把这篇清末文言短篇侦探小说《玫瑰贼》也顺便整理出来，作为《中国侦探：罗师福》一书的附录。

《玫瑰贼》中的名侦探姓甚名谁，作者陈听彝并未在文中交代，而此人在《罗师福》中却摇身一变成了卫姓世外高人的儿子，不但客串出场，还与罗师福一见如故。

不知是南风亭长借他人小说角色搞了一次小小的联动，还是南风亭长和古越陈听彝其实根本就是同一个人呢？

顺着这条线索，我又搜了下"陈听彝"这个名字，发现剧作家陈大悲（1887—1944）又名陈听彝 [一作"陈听弈"，但陈大悲墓碑上确实写的是"陈公大悲（听彝）先生"]，浙江杭州人。这样一来，浙江勉强可与古越挂钩，而陈大悲又与陈听彝对应，似乎暂且可以将"陈大悲"与"古越陈听彝"划上等号？

下面不妨再进一步试着对比一下"陈大悲"与"南风亭长",看看二人是否有什么相似的履历?

李民牛、陈步涛(陈大悲长孙)合著的《化蛹为蝶:中国现代戏剧先驱陈大悲传》(花城出版社,2013年1月)为我们大致勾勒出了陈大悲在1912年之前的生活轨迹:

1887年6月15日,陈大悲出生在一个相当富裕的封建**官僚家庭**,祖父是清政府上海道派驻上海租界的会审官员。

陈大悲的童年是在**苏州**度过的,但他却并没有出生在当时苏州传芳巷陈家大院,而是生在浙江杭县的陈家祖屋里。三岁时,陈大悲的父亲被举荐到苏松太道上海县,署理上海县长,他便和母亲顾氏一起留在苏州。因为母亲通晓英语,所以他很小便开始学习**英语**。

1896年春末,陈大悲和母亲离开了苏州,前往上海和父亲团聚。在**上海**的新式学堂,陈大悲读完了小学和中学。在此期间,**他对传奇小说、戏曲**一类愈发感兴趣,并开始广泛阅读。除前代作品外,他对当时出版的新小说也来者不拒,如:梁启超的《新中国未来记》和柯南·道尔的**侦探小说**《包探案》等。

1908年,陈大悲考入苏州东吴大学(今苏州大学前身)文学系,回到了故乡苏州。在东吴大学学习期间,他在老师黄人(1866—1913)及其他前辈的栽培下,开始尝试自己**创作白话小说**,并给上海的一些报刊投稿。一个偶然的机会,使他对新兴的"文明戏"产生了强烈的兴趣,并经常在校内参加演出活动,但遭到父母的强烈反对。

  1911年初,在与家庭决裂之后,陈大悲离开东吴大学,前往上海,加入任天知领导的文明戏班进化团,并在长江中下游各地巡演长达七八个月……

  看到这里,我不禁要问:陈大悲大学时代到底创作过什么小说吗?创作出来之后又在哪里发表过呢?查韩日新整理的《陈大悲著译系年》(《陈大悲研究资料》,韩日新编,中国戏剧出版社,1985年7月),却完全未见其1912年之前的创作,也不曾提及署名"古越陈听彝"的《玫瑰贼》。

  但通过对陈大悲早年生活的梳理,却让我看到了他与南风亭长的一些"契合"之处:官僚家庭、苏州、上海、英语、侦探小说……

  读过《罗师福》的人应该能发现:作者南风亭长对晚清官场有一定了解;且对苏州和上海的风土人情与当时的社会时局比较熟悉,很可能在两地生活过一些时日;还有,作者很明显是懂英语的,对一些古典小说、戏曲之类以及当时的侦探小说也比较熟悉。

  而且,《罗师福》开始连载的时间虽然是在陈大悲从上海回到苏州的一年之后,但第一案写的却正好是1908年秋天发生在苏州城的故事,时间、地点也可说是恰到好处。

  另外,小说文本中还有一些值得注意的小细节:

  其一,第一案第五章《寄书》介绍罗师福时说他是"杭州钱塘人",这个设定似乎很容易让人联想到陈大悲的籍贯;

  其二,第一案第八章《舆论》和第十章《改装》都写到了罗师福"化妆易容"的情节,"化妆易容"一类伪装技能虽然是福尔摩斯们的拿手好戏,但不禁又会让人想到"演员"这个与陈大悲休戚相关的职业。

其实,考证一个"笔名"的真实身份,如果没有作者本人的"自述"(日记、信札一类),或者亲近之人的旁证,是很难证实的!例如现代作家张天翼(1906—1985),如果不是他通过写给组织的"自传""简历"等材料亲口承认自己年少之时曾以"张无诤／无诤"为笔名写过以《徐常云侦探案》为代表的侦探小说,一般读者是很难知道的。

所以,上述种种,皆不能作为"南风亭长"即陈大悲大学时代曾用笔名的确证,而只是我个人的一些怀疑而已,但或许可以勉强提供一个考证南风亭长真实身份的切入点,以待后来者继续深入挖掘下去。希望今后可以通过对比小说文本,或者其他更直接的途径找到确实的答案!

那么,说回《罗师福》本身,缘何称其为晚清版的"东方福尔摩斯"探案呢?原因其实很简单:小说中曾明确提到,大侦探罗师福的名"师福"乃"取师事福尔摩斯之意",而且作者又采用了典型的"侦探+助手"的模式,罗侦探也精通易容术、格斗术和"生理、理化、心理等学",俨然便是福尔摩斯在晚清中国的翻版。

但《罗师福》引起我的注意并不单单在此,而在于其他方面:

首先,《罗师福》是由白话文写成的,而且现存篇幅将近八万字,这在晚清侦探小说中比较罕见。晚清时期比较有名的侦探小说,似乎除周桂笙(1873—1936)的《上海侦探案》(1907年4月27日以"吉"

为笔名发表于《月月小说》第一年第七号）外，大部分都是用文言文创作的，而且篇幅都不太长。就连程小青发表于1916年底的《灯光人影》，也还是使用了文言文。

其次，《罗师福》较为集中地体现了晚清侦探小说作为"新小说"而有别于传统公案小说的三大特质：一、对叙事模式的革新，二、对刑讯制度的反思，三、对科学技术的崇尚。

另外，作为从晚清公案小说向民国侦探小说过渡的中间产物，《罗师福》中依然残留了一些旧时代的印记，诸如全书随处可见的"看官""说书的""且慢""却说"等旧小说中常见的说书人口吻，如今读来倒也别有一番"半新不旧"的特殊体验，或许还能让今人感慨一番时代的变迁。

今番整理这部《中国侦探：罗师福》，自然以目前见到的《图画日报》连载版为底本，并从中遴选出50余幅和剧情紧密结合的插图，也让当今读者一品带有绣像的侦探小说。

华斯比

2020年11月30日夜于吉林铭古轩